QING　　FENG　　JI

清风集

陈绪德◎著

时代出版传媒股份有限公司
安徽文艺出版社

图书在版编目（CIP）数据

清风集/陈绪德著. —合肥：安徽文艺出版社，2019.10
（2022.6 重印）
ISBN 978-7-5396-6788-1

Ⅰ．①清… Ⅱ．①陈… Ⅲ．①诗集－中国－当代②散
文集－中国－当代③中国文学－当代文学－文学评论－文
集 Ⅳ．①I217.2②I206.7-53

中国版本图书馆 CIP 数据核字(2019)第 208420 号

出 版 人：姚　巍
责任编辑：张　磊　　　　　　　装帧设计：褚　琦
··
出版发行：安徽文艺出版社　　www.awpub.com
地　　址：合肥市翡翠路 1118 号　　邮政编码：230071
营 销 部：(0551)63533889
印　　制：山东百润本色印刷有限公司　　(0635)3962683
··
开本：710×1010　1/16　印张：13　字数：200 千字
版次：2019 年 10 月第 1 版
印次：2022 年 6 月第 2 次印刷
定价：49.80 元
··

序

　　陈绪德先生是省检察院的老领导,后至省人大内司委工作。我在担任省人大代表期间,与他相识。他虽然身为领导,但待人谦逊和蔼,毫无官员架子。我和他交往多年,从他身上学到了很多东西,对他的为人十分敬佩。这次他的《清风集》出版,嘱我作序,自当从命,欣然接受。

　　绪德先生阅历丰富,学养深厚。他在司法战线耕耘多年,不仅熟悉司法实践,而且在司法的理论上亦颇有造诣。这在他的诗文中也反映出来。新时期以来,我党在推进党风廉政建设和反腐败斗争中,取得了显著成绩,但党风廉政建设是一项长期艰巨的任务,必须警钟长鸣,常抓不懈。绪德先生长期在检察院工作,查办过许多案件,对此深有感触。他的随笔杂文中有很大一部分都涉及这方面的内容,尤其是对反腐问题做出了深入的多方面的思考。如《刘瑾贪贿下场悲》《和珅的家产》等篇通过对贪官的下场的解析,向世人敲响警钟,"多行不义必自毙""贪贿者自古没有好下场"。在《受贿卖国的奸相——后胜》《伯嚭受贿致吴亡》等篇中,更是深刻揭示了腐败的严重后果,它不仅损害了党的肌体和作风,而且发展下去将有亡党亡国的危险。

　　绪德先生爱读书,尤爱读史。他的很多诗文都是以史为鉴,温故知新,抒发自己对世事和人生的感悟。如《以身殉法的李离和石奢》《学学齐威王的"干部考察法"》等篇,都是通过历史故事,联系当今的现实,提出引人思考的问题。李离和石奢的故事都载于《史记》,李离身为狱官,由于办案时偏听偏信错杀三人,尽管晋文公原谅了他,但他却无法原谅自己,最后引咎自杀;石奢是楚国宰相,而且是个孝子,因为父亲杀人,不忍追究,事后良心不安,同样自刎而死。通过这样的历史故事,作者认为"李离、石奢的可贵之处在于能够尽职尽忠,忠于职守,自觉地维护国家法律的尊严"。与此同时,作者也联系到当前司法队伍中存在的问题,特别是对少数以权谋私、徇私枉法的败类和害群之马予以尖锐的批评,指出"他们在李离和石奢面前,应该感到羞愧和悔恨"。齐威王的故事同样载于《史记》,一位在即墨做官的大夫,勤政廉政,把地方治理得很好,但齐威王身边的人却经常说他的坏话,而另一个在阿做官的大夫,尸位素餐,毫无作为,但齐威王左右的近臣却对他大唱赞歌。面对这一情况,齐威王并没有盲目轻信,而是明察暗访,发现原来即墨大夫遭诽谤,是因其为人正派,不愿行贿所致,而阿大夫以钱开道,买通内臣,受到的赞誉却名不符实。弄清了事情的原委,齐威王将即墨大夫"封之万户",而对阿大夫以及那些接受贿赂、欺上瞒下的内臣处以死刑,结果齐国大治,"诸侯闻之,莫敢致兵于齐二十余年"。作者通过这一历史故事,联系当前的现实,认为这个故事并不过时,仍有强烈的现实意义。此文写于 1998 年,当时我国长江中下游广大地区和松花江、嫩江流域都先后发生了特大洪水,在滔滔洪水面前,许多党员干部经受了考验,但有的干部说一套做一套,根本不具备党员干部的素质和条件。作者据此而言,提拔使用干部不仅要听其言,而且要观其行,着重考察其工作实绩如何,尤其要把他们放到艰苦的环境中去锻炼和考察,才能选好人,用好人。在《清风集》中,诸如此类的作品有不少,或引经据典,深入浅出,或观照现实,发人深省,不仅好读、耐读,而且寓意深刻,令人回味。

　　绪德先生出身贫寒,为人正直,一身正气。在《清风集》中收录了他的一些回忆文章,如《回忆陈毅同志的一次报告》《我见到的史良》等,由于是亲历之事,写得亲切生动。其中特别值得一提的是《六十年代我给毛主席写的一封信》,该文记叙的是发生在他自己身上的一件事。1959年至1960年自然灾害时期,河南大刮"浮夸风",导致严重后果。1960年10月,绪德先生的家乡河南商城县附近一所水库大坝被洪水冲垮,县城被淹,成千上万的房屋被冲垮,绪德先生的父母不幸遇难。当时,他正在北京政法学院上学,闻讯回家为父母料理丧事,耳闻目睹一些干部违法乱纪,侵害人民群众利益,心中极为义愤,回校后便偷偷地给毛主席写了一封信,反映了这一情况。这件事在当时须冒很大的风险,因此他十分谨慎,对谁也没说过。可是有一天,一位学生干部突然悄悄对他说:"你竟然敢给毛主席写信?"听了这话,他吃了一惊,才知道有关方面收到了这封信并对他进行了调查。所幸的是,他并没有受到追究,而"信阳事件"后来在毛主席和党中央的高度重视下,得到了彻底解决,信阳地区直接负责人也受到党纪政纪处分,但沉痛的教训不应忘记。"几十年过去了,"绪德先生在回忆这件事时这样写道,"今天看来我当时这样做还是对的,尽到了一名共产党员应尽的责任。"从附在文中的原信中,我们也可以看到一个年轻的共产党员对党对人民的赤子之心。

绪德先生从一个贫苦的市民的儿子,在党的培养下,一步步走上省检察院的领导岗位,但他始终保持初心,体谅民间疾苦,对于每一个案件都慎之又慎,包括一些来自底层的意见,他都认真倾听,不放过任何疑点。在他任职期间,纠正和避免了不少冤假错案,一些当事者至今仍然感念不忘。他说,万分之一的错案,对一个家庭来说,就是百分之百的错误。它伤害的不是一个人,而是一个家庭,一个社会的公平公正。在《佘祥林"杀妻案"检讨》一文中,他对这起冤案的发生极为痛心,并从制度上和法理上进行了多方面梳理和分析,提出了深刻的见解,认为要从根本上杜绝此类案件的发生,必须加快司法体制改革,而且刻不容缓。

《清风集》还收录了作者出访外国写下的散文。如《访美散记》《访瑞散记》《访欧散记》《东南亚三国访问记》等。这些散文并非一般的游记，而多为记述他对国外司法体制的考察，以及与国外司法同行之间的交流。如《访瑞散记》中写道，他参加中瑞司法研讨班，瑞典首相和冰岛总理亲临研讨班，看望中国检察官代表团全体成员，写到参观考察瑞典监狱的见闻以及到隆德大学法学院院长家做客的情况等等。这些文章信息量大，视野开阔，读来新鲜有趣。

绪德先生虽长期从事司法工作，但他一直对诗文情有独钟。经常是每到一地，或每经一事，只要有所感触，便以诗记之，日积月累，倒也收获颇丰。经过整理，收在本集中的诗作近百首。这些诗作记人记事，写景抒情，题材广泛，内容丰富，既有讴歌祖国大好河山之作，又有对历史文明的追忆和思考，大到改革开放，小到天伦之乐，有感而发，无事不记，诗中充满了积极向上的人生态度，渗透了对祖国、民族、家乡、亲人和自然的热爱之情。语言质朴，情感真切。

有道是文如其人，绪德先生的诗文也如其人，不事张扬，内敛含蓄，不追求华彩，低调朴实。正如他在《咏兰》一诗中所写："普普通通一棵草，生在幽谷自逍遥。"我想，这也许就是绪德先生诗文的一个贴切的写照吧。

是为序。

季 宇

2018 年 12 月 25 日于合肥家中

（作者系安徽省文联名誉主席，省作协名誉主席）

目　　录

各地风光

世界各地

人生及时政感言

散文篇

评论篇

附录

shī gē piān

诗歌篇

神奇美丽的黄山

七十二峰耸云端，
青松屹立在山巅。
清澈小溪潺潺流，
飞瀑直下落平川。
杜鹃花开红似火，
金猴林中戏登攀。
时闻珍鸟欢叫声，
又见游人浴温泉。
东方欲晓红日升，
茫茫云海最壮观。
神奇美景处处有，
来看千次也不厌。

黄 山 日 出

东方欲晓鸟声喧，
红日冉冉破云天。
清凉台上人如潮，
男女老少尽开颜。

迎客松（二首）

一

悬崖绝壁把根扎，
历经风雪更挺拔。
亭亭玉立峰峦上，
四方游人无不夸。

二

一松挺立玉屏顶，
舒展手臂迎嘉宾。
天下青松千万棵，
唯有此松最多情。

仙　境

奇松怪石云相伴，
七十二峰最壮观。
若问仙境何处有，
请到黄山找答案。

霞客名言

天下名山千千万，
劝君首选去黄山。
奇妙美景观不尽，
霞客名言不虚传。

登黄山光明顶

登上黄山光明顶，
心潮澎湃似腾云。
远看白云汇成海，
近观苍松崖上生。
奇峰高耸入云端，
怪石巧妙形象真。
飞瀑直下响声远，
林中鸟鸣最动听。

黄山夜雨

一夜雷鸣风雨狂，
天明平静又如常。
黄山瞬间多变化，
忽见奇峰云里藏。

2006.4

黄山四绝

座座秀峰耸入云，
奇松挺拔怪石真。
白云茫茫汇成海，
飞瀑直下泉水清。

黄山松颂

你生长在黄山七十二峰，
千姿百态，

亭亭玉立，

郁郁葱葱。

你生长的环境十分艰苦，

把根牢牢地扎在岩石缝中。

狂风暴雨袭来，

你挺拔屹立，应对从容。

寒冬大雪压顶，

你泰然处之，

岿然不动。

你的顽强拼搏精神，

鼓舞人们，只有不畏艰难险阻，

才能取得事业成功。

黄山印象

这里是一个神奇美丽的地方，

来到这里，

仿佛置身于童话世界，

走进了天堂。

这里是绘画的展馆，

是诗歌的海洋，

是一座座五彩缤纷的大花园，

是无数珍宝在闪闪发光。

云雾中的黄山

云雾遍山弥漫，
顷刻吞噬了座座峰峦。
游人在雾中行走，
犹如登上九天。
不见奇松怪石，
难寻瀑布温泉。
忽然间天都露出了笑脸，
正要喊同伴观看，
它却又隐藏不见。

逍遥津

合肥城里逍遥津，
魏吴当年大交兵。
张辽英勇显神威，
孙权丢盔险丧命。
千年历史成佳话，
战火硝烟无踪影。
如今园景美如画，
四方游人喜盈盈。

灵璧石

灵璧巧石堪称奇，
大小不同形各异。
敲击发出悦耳声，
人人听了皆欢喜。

2002.3 于宿州

怪　石

天柱怪石多，
小猪上山坡。
青蛙爬峰顶，
巨石如刀削。

霹雳石

是谁倚天抽宝剑，
劈开巨石断还连。
天柱山中美景多，
四方游人齐称赞。

1994.4 于天柱山

天柱山

座座奇峰耸云端，
一山独秀能擎天。
苍松挺拔崖上立，
炼丹湖水碧如蓝。

2002.11 于天柱山

桃花潭

诗仙名篇千古传，
慕名来游桃花潭。
青山环抱水如镜，
踏歌声犹在耳边。

1997.10 于泾县

敬亭山

李白行踪遍神州，
暮年常来皖南游。
名山大川不思念，
只愿常在敬亭留。

茂　林

皖南事变天下惊，
中敌奸计教训深。
茂林含泪埋忠骨，
革命叛徒最可恨。

瞻仰泾县新四军烈士陵园

群山环抱一陵园，
先烈英名永留传。
当年皖南血战处，

喜看旧貌换新颜。

1991.6 于泾县

皖南风光

山清水秀林茂盛，
白墙瓦顶农舍新。
奇松挺立悬崖上，
处处可闻鸟鸣声。

六尺巷

桐城市内六尺巷，
感人故事天下扬。
为人处世应宽厚，
清朝名相是榜样。

九华山

佛教圣地九华山，

座座寺庙不一般。
百岁宫中供无暇，
地藏端坐肉身殿。
游客信徒四方来，
香火日夜燃不断。
更有挺拔凤凰松，
竹林似海最壮观。

琅琊山

明月高悬琅琊山，
醉翁亭立幽径边。
夜静窗外闻虫鸣，
忆起太守有名篇。

2004.8 于琅琊山书斋

小孤山

大江岸边一座山，
玲珑秀美似水莲。
山道崎岖通寺庙，

登顶可观往来船。

1992.11

杏花村

池州城外杏花村，
杜牧佳作天下闻。
有人误把它搬家，
一番争论方定论。

2002.4 于池州

参观林散之艺术馆有感

身残志坚苦磨炼，
龙飞凤舞走笔端。
当代草圣美名扬，
采石矶中见真传。

1994.9 于当涂采石矶

太平湖印象

它像一面巨大的明镜，
照亮人们的心灵。
它像取之不尽的甘泉，
游人都想开怀畅饮。
环绕四周的群山，
像一幅幅美丽的画屏。
泛舟在广阔的湖面上，
犹如置身于仙境。

1987.6

皖南风光

山路弯弯通幽径，
溪流清澈照人影。
春来层林换绿装，
皖南处处好风景。

2004.4

天井湖

铜都有湖名天井，
水色清澈明如镜。
可与西子来比美，
神话传说动人情。

2002.4 于铜陵

铁山宾馆

绿树成荫藏幽径，
湖雨虽小水色满。
丹桂飘香人欲醉，
时闻林中有鸟鸣。

2001.10 于芜湖

稻香楼

四周环水树成荫，
地处闹市却宁静。
当年伟人下榻处，
许多画家留珍品。

1978.5

乌江霸王祠

有勇无谋下场悲，
争霸天下半途废。
不善用人酿苦果，
刚愎自用终被毁。

2002.4 于和县

绘　图

麦苗青青菜花黄，
广阔田野似画廊。
春风送来神奇笔，
村民绘图最繁忙。

2001.3

小岗村

昔日小岗多不幸，
虚报浮夸搞冒进。
粮食减产人饥饿，
村民生活最贫困。
如今实行大包干，
党的政策暖人心。
多种经济大发展，
六畜兴旺粮满囤。
家家盖起新楼房，
欢声笑语满乡村。

淮北是个好地方

淮北是个好地方，
一马平川天地广。
绿树成荫河水清，
鸡鸭成群牛羊壮。
昔日多灾荒凉地，
改革开放变了样。
可与江南来比美，
万众一心奔小康。

天长行

数载之后来天长，
市容面貌大变样。
高楼林立马路宽，
公园美景赛苏杭。
改革开放春风吹，
招商引资是良方。
经济腾飞成效显，
五洲瞩目中国强。

2012.4 于天长

中秋之夜

金秋八月皖南行，
一路欢歌笑语声。
青山连绵泉流急，
徽派民居格调新。
时逢佳节在异乡，
主人款待倍感亲。
明月高照新安江，
不觉顿生思家情。

1988.9.30 于屯溪

画　山

楼台亭阁与高山，
挥笔泼墨顷刻现。
神州处处有美景，
毕生精力画不完。

2013.6

江淮春色

一片嫩绿一片黄，
桃花盛开村庄旁。
湖光山色如画图，
丹青难写好风光。

2002.3

石河子

戈壁沙漠一新城，
树木茂盛面貌新。
塞上江南不虚传，
莫忘戍边垦荒人。

2000.9 于石河子

神女峰

神女峰上神女愁，
白云悠悠绕山头。
欲到人间看一看，
大江滚滚挡去路。

过三峡

风平浪静过三峡，
两岸风景美如画。
险峰高耸飞鸟惊，
悬崖绝壁猿难爬。
万里长江滚滚流，
抗洪发电有大坝。
云中巫山最壮丽，
神女仍想把山下。

1989.9

武汉颂

武汉是个好地方，
四方游人皆向往。
道路宽广车如潮，
名楼屹立江边上。
万里长江东流去，
当年伟人曾击浪。
祖国河山处处美，
如今古城大变样。

1992.6 参加在武汉召开的全国检察机关会议时作

澜沧江

澜沧江水滚浪流，
穿境入海不回头。
四国同饮一江水，
胞波情谊永长留。

1998.11 于景洪

都江堰

一水分成两条江，
兴利除弊免遭殃。
当官应为民谋利，
饮水思源永流芳。

1989.9

杜甫草堂

浣花溪畔一草堂，
树木繁茂郁苍苍。
当年诗圣避乱处，
游客纷纷来瞻仰。

1989.9 于成都

荆 州

一时大意失荆城，
盖世英雄丧了命。
巍巍城楼今尚在，
不闻当年战鼓声。

1992.6

游杭州

天堂杭州美名扬，
西湖风景如画廊。
乘舟畅游在湖中，
犹如置身在梦乡。
漫步苏堤吟佳句，
断桥之上寻许郎。
岳王庙内谒英灵，
灵隐寺中观佛像。
龙井村里品香茗，
六和塔上望钱塘。
游人流连忘归去，

男女老少喜洋洋。

2001.6 于杭州

吐鲁番

沙漠之中一盆地，
香甜葡萄美如玉。
多亏有了坎儿井，
荒凉之处不贫瘠。

火焰山

一山色红似火焰，
大圣曾借芭蕉扇。
四方游客慕名来，
可惜不能去登攀。

漓　江

漓江两岸山连山，

清清江水长又宽。
如画美景世少有，
名列第一不虚传。

1998.11 于桂林

七星岩

两湖相连明如镜，
青山排成七颗星。
人杰地灵风光好，
盛产端砚最有名。

2002.8 于肇庆

登东方明珠塔

一塔高耸大江边，
登顶只需一瞬间。
远眺高楼密如林，
近观江上往来船。

雁荡山

奇峰高耸入云端，
峭石如削分外险。
神秘岩洞处处有，
观音殿堂最壮观。

2000.3 于雁荡山

武夷山（二首）

一

三十六峰座座险，
云遮雾绕半露面。
九曲河水清又长，
乘筏观景乐无边。

二

登临天游巅，
群山放眼观。
九曲水流急，
乘筏情趣添。
武夷风光好，
果然不虚传。

2000.3 于武夷山

桂花香（二首）

一

窗外桂花阵阵香，
室内挥毫心欢畅。
八月清秋风光好，
古稀之人精神爽。

二

金秋桂花齐开放，
清风送来阵阵香。

久在树下难离去，
似饮美酒心欢畅。

咏　梅

梅花生来意志坚，
不畏严冬天气寒。
众多花卉已凋谢，
它的花枝分外艳。

夏天的花颂

骄阳似火酷暑天，
多少名花藏笑脸。
唯有一些顽强者，
烈日之下更俏艳。

咏兰（二首）

一

普普通通一棵草，
生在幽谷自逍遥。
历经风霜清香远，
根深叶茂花枝俏。

二

长在深山丛林间，
貌似野草却不凡。
花枝俊俏香气重，
君子美名天下传。

春耕忙

阳春三月风光好，
桃红柳绿菜花黄。
村里家家无闲人，
田地一片耕种忙。

清　明

清明时节祭祖坟，
不忘父母养育恩。
虽然离别已久远，
梦中常忆当年情。

巴黎夜游

乘船夜游巴黎景，
塞纳河畔灯火明。
古老建筑比比是，
圣母院内传钟声。
巍巍铁塔更奇妙，
壮观要数凯旋门。
忆想当年起义事，
公社精神万古存。

荷兰风车村所见

小小风车不停转，
幢幢矮屋建旁边。
牛马散放绿草地，
精巧木鞋最好玩。

巴黎埃菲尔铁塔

巍巍铁塔世无双，
登上塔顶放眼量。
塞纳河水长又清，
卢凡二宫有珍藏。

罗马斗兽场

人兽相搏实残忍，
竞技场内多冤魂。
压迫愈重反抗烈，
奴隶起义无不惊。

庞贝城

原是繁华一名城，
火山爆发化为尘。
可怜多少无辜者，
顷刻之间丧了命。

梵蒂冈

国中之国不寻常，
宗教领袖是国王。
虽然它的面积小，
国际交往无两样。

撒尿小铜孩像

小小铜孩真可爱，
引得四方游人来。
当年撒尿救全城，
英雄美名传扬开。

洗衣苦

——献给我的父母亲

洗衣，洗衣，
专为别人来洗衣。
东方刚亮即起床，
太阳落山才休息。
全家老少一齐忙，
一年四季在河里。
风吹雨打全不顾，
酷暑严冬照样洗。
洗呀洗，洗呀洗，
洗得河水清变浑，
洗得手骨变了形。
洗得老母头发白，
洗得老父一身病。
脏衣洗了千万件，
棒槌换了无数根。
洗呀洗，洗呀洗，
为了生活来洗衣。
洗得人体渐消瘦，
洗得天天头发晕。
洗净他人脏衣服，
力气耗尽依旧贫。

盼望儿子早工作，
尽快摆脱困难境。
谁知大祸从天降，
洪水夺去我双亲。
无情打击永难忘，
未能尽孝悔终生。

1983.12

四季忙洗衣
——为纪念父母去世25周年而作

春 季

寒冬过去春来临，
河水仍然冷如冰。
父母每天去洗衣，
手足冻伤刺骨疼。

夏 季

烈日当空河沙烫，
别人家中摇扇忙。
父母酷暑去洗衣，
汗水伴着河水淌。

秋 季

秋风萧瑟树叶黄，
清清河水已变凉。
父母起早去洗衣，
严霜打在心头上。

冬 季

北风怒吼逞凶狂，
寒凝大地河冻僵。
父母破冰把衣洗，
手脚麻木心发慌。

1985.5.30

我和书

书给了我精神食粮，
书给了我智慧和力量。
书使我视野开阔、心胸宽广，
书让我对生活充满信心和力量。
书是我的良师益友，
书伴随着我健康成长。

只要我一息尚存，
书就会陪伴在我的身旁。

夜读（二首）

一

博览群书乐无边，
痴读不觉夜已阑。
脑海翻腾如潮涌，
辗转床上难成眠。

二

半夜月明亮如昼，
醒来难眠心中愁。
披衣下床读诗文，
不觉红日已露头。

半夜写诗

半夜眠中想首诗，
急忙起床找笔纸。

老伴道我有毛病，
其中乐趣她怎知。

雄　鹰

展翅在天空中飞翔的雄鹰，
从不畏惧电闪雷鸣。
它鄙视那躲在洞穴中的老鼠，
耻笑那在粪坑里逐臭的蛆蝇。
东西南北有它留下的足迹，
天涯海角回荡着它的声音。
它饱尝了各种酸甜苦辣，
阅尽了人间万般风情。

做　人

为人应当讲诚信，
良好信誉人人敬。
欺诈蒙骗酿恶果，
害人害己害家庭。

观拜伦塑像

他容貌年轻英俊，
一双慧眼炯炯有神。
他仿佛在凝思遐想，
诗浪在脑海里翻滚。

我愿做一只小鸟

我愿做一只小鸟，
在蓝天上自由飞翔。
迎着东方灿烂的朝霞，
沐浴着金色的阳光。
我愿做一只小鸟，
穿越群山峻岭，
飞过大江海洋，
俯瞰神州大地，
处处换了新装。
我愿做一只小鸟，
不怕雨暴风狂。
观五洲风云变幻，
览人间千年沧桑。

我怀念北京

我怀念北京，

像游子怀念故乡，

像儿女怀念爹娘，

像海燕怀念大海，

像白云怀念山冈。

我怀念北京宽广的天安门广场，

那里留下过我的脚印，

曾目睹毛主席的光辉形象。

我怀念宏伟的人民大会堂，

我曾在那里参加过重要会议，

还同中央有关领导一超照过相。

我怀念巍然耸立的人民英雄纪念碑、

      庄严肃穆的毛主席纪念堂，

革命先辈的丰功伟绩，

永远铭记在人们的心上。

我怀念北京别具一格的四合院、古老的城墙、八达岭长城、美

      丽的颐和园、举世闻名的故宫和天坛……

许许多多的名胜古迹，

给我留下了深刻的印象。

我怀念北京著名的十三陵水库，

当年党和国家领导人亲自参加过劳动，

也有我挥洒汗水的地方。

我怀念京郊的田地，
那里有我参加劳动的村庄。
我怀念母校的校园，
那里有我栽种的树木和参加修建的水塘。
我曾有幸成为北京的市民，
度过了四年美好时光。
几十年来我时刻怀念着北京，
当年的情景常常进入梦乡。
如今北京正迈着巨人步伐飞速前进，
吸引着全世界的目光。
党的十九大的胜利召开，
把社会主义新时代的号角吹响。
中华民族伟大复兴就要实现，
北京的前景更加灿烂辉煌。
啊，北京，我为您骄傲和自豪，
您对我的教育和培养使我终生难忘！

爷奶带孙子

爷奶带孙子，
心里乐滋滋。
视他如珍宝，
生怕有闪失。
不顾年纪大，
忙不完的事。

一心为孙子，
苦累全不知。

2018.9

爷爷和孙子

古稀老人身犹健，
背着孙儿外出玩。
腰酸腿疼全不顾，
一心使他笑开颜。

2014.8

合肥至曼谷飞机上

云海茫茫广无边，
蓝天堆起万座山。
银鹰展翅高空飞，
合肥曼谷一线牵。

有感（五首）

一

人的生命实短暂，
很少能活到百年。
可笑争权贪利者，
不知宝贵是时间。

二

冬去春来又一年，
时光快速如飞箭。
不觉头发已全白，
手脚也不太灵便。

三

年过七十身犹健，
习画带孙乐晚年。
虽然黄昏已来临，
余热未尽心不甘。

四

松柏越老越挺拔，
古梅寒冬开新花。
晚霞映红半边天，
生姜还是老的辣。

五

岁月催人老，
生命无价宝。
青春易逝去，
珍惜分和秒。

夕　阳

夕阳将要落山，
仍将余晖染红西天。
它在空中时现时隐，
想把人间多看一眼。
它迟迟不肯离去，
定是把地球留恋。
它明知即将消逝，
还要再辉煌一番。

生命（二首）

一

人的生命最宝贵，
失去无法再挽回。
世上总有轻生者，
自我毁灭实可悲。

二

可恨病魔太无情，
夺去无数人生命。
发明良方会有时，
让它永远无踪影。

梦

昨晚梦中遇死神，
它道我已有八旬。
可以跟它去天堂，
那里亲友正在等。

我说为时还尚早，
要等孙子长成人。
许多事情还要办，
白天黑夜正抓紧。
党和人民培养我，
我的报答也未尽。
死神听了微微笑，
忽然消失无踪影。

痛悼李老

今生有幸识君面，
朝夕相处共两年。
工作勤奋能力强，
清正廉洁对己严。
不谋私利品德高，
一心为党做贡献。
忽闻在京已仙逝，
不觉泪水湿衣衫。

注：李老即安徽省原副省长李清泉，作者曾任其秘书。

人民检察官

人民检察官，
重担挑在肩。
最听党的话，
为民做贡献。
认真履职责，
执法严如山，
法律为准绳，
证据是关键。
监督不徇情，
确保办铁案。
公平和正义，
时刻记心间。

四　莫

一莫贪，
古今贪官下场惨。
二莫馋，
吃拿卡要陷深渊。
三莫懒，

人懒诸事不能办。
四莫怨，
怨这怨那惹祸端。

斥贪官

古今贪官人人恨，
以权谋私心太狠。
为官不为民谋利，
违背宗旨忘初心。
苍蝇老虎一起打，
铁腕反腐不留情。
伸手必然被捉住，
法网恢恢难逃生。

反腐败随想（三首）

一

腐败分子实可恨，
贪污受贿害人民。
反腐战鼓正敲响，
法网恢恢难逃生。

二

巩固政权需反腐，
害人蛀虫要根除。
中央高举锋利剑，
既拍苍蝇又打虎。

三

反腐必须用铁腕，
依法严惩手不软。
选人用人需谨慎，
规章制度要健全。

不忘初心

身居要职切莫贪，
党纪国法记心间。
不忘初心为人民，
一生才能保平安。

两面人

在当今社会上，
你常常会遇到一种两面人。
他有两副面孔，
叫人一时真假难分。
遇事他当面说得好听，
也曾举双手赞成。
背地里却又说三道四，
胡乱加以评论。
他为人处世有自己的标准，
对普通人是傲慢无理、盛气凌人，
对上级则毕恭毕敬、拍马逢迎。
他工作善于做表面文章，
把精力都放在投机钻营。
他的野心很大，
做梦都想步步高升。
这种人一旦爬上高位，
心里哪还有平民百姓？
不仅对工作不利，
一定会祸国殃民。
我们要把眼睛擦亮，
决不能让其阴谋得逞。

扶贫攻坚（一）

扶贫攻坚号角鸣，
脱贫致富得人心。
举国上下齐称赞，
党的决策真英明。

阅　卷

厚厚的案卷看了一遍又一遍，
每一个证据和笔录都要仔细研辨。
检察官肩负着严格执法的重担，
锐利的目光绝不放过每一个疑点。

改革开放政策好（二首）

一

古老中华数千年，
人民苦难不堪言。

改革开放政策好,
千家万户尽开颜。

二

改革开放掀巨浪,
神州大地沐春光。
城乡日日换新貌,
山河处处变了样。

庆祝香港回归

鸦片战争太悲伤,
丧权辱国割香港。
贫穷落后遭人欺,
历史教训永难忘。
改革开放方针好,
中国从此变富强。
普天同庆港岛归,
一国两制永流芳。

1997.7.1

读周恩来传略有感

他虽然已离去很久很远，
却时刻还在我们身边。
青山是他的化身，
海涛是他的召唤。
江河是他奔流的血液，
日月是他炯炯有神的慧眼。
人们永远把他牢记在心里，
他的丰功伟绩千古流传。

永远跟党向前进

黑暗中国是火坑，
亿万人民遭不幸。
豺狼当道暗无日，
百姓苦难无人问。
自从来了共产党，
驱散乌云红日升。
三座大山被推翻，
人民当家做主人。
穷孩能够上高校，

分配工作也称心。
改革开放硕果累，
振兴中华梦成真。
而今迈入新时代，
永远跟党向前进。

是党把我命运转

人老总爱忆当年，
往事历历在眼前。
回顾一生多坎坷，
是党把我命运转。

赞夏伯渝登上珠峰

年近七十雄心壮，
肢残仍能珠峰上。
志坚如钢不畏难，
实乃中华好儿郎。

2018.5

答　卷

社会是一座大熔炉，
人人都要经受它的检验。
有的人炼成了钢铁和金子，
有的人却成为无用的渣滓，
还把环境污染。
历史是严格公正的考官，
人人都要交出自己的答卷。
有的人用青春和生命写下光辉的篇章，
有的人却留下罪迹斑斑。
亲爱的朋友，
祝愿您交出最美好的答卷。

伟大的手

这是一双伟大的手。
这双手，高山可移，大海能填，
能让飞船上九天。
这是一双伟大的手。
这双手能叫座座高楼平地起，
能使条条马路直又宽，

能让列车行驶快如飞，
能教沙漠变良田。
这是一双伟大的手。
这双手天塌下来擎得起，
地陷下去能埋填。
千难万险无所惧，
能把乾坤来扭转。
这是一双神奇的手，
这是一双智慧的手，
这是一双平凡的手，
这是一双劳动人民的手，
这是一双伟大的手！

岛国选举总理有感（二首）

一

年过九旬任总理，
世界政坛创奇迹。
莫道人老不中用，
请看岛国破旧例。

二

岛国选举真离奇，

年迈老人当总理。
难道国中乏人才？
夕阳怎和朝阳比？

宽容（三首）

一

对人宽容最可贵，
斤斤计较惹是非。
古今争强好胜者，
大祸临头下场悲。

二

遇事千万要冷静，
一时冲动祸降临。
小事本来易化解，
不幸悲剧时发生。

三

宇宙容纳无数星，
地球住下亿万人。
海阔天空任鸟飞，

人人都要有爱心。

婚　姻

婚姻大事需谨慎，
草率仓促误终身。
双方应当多了解，
思想品德最要紧。
物质金钱莫看重，
对方为人要认清。
兴趣爱好也重要，
性格脾气休看轻。
家庭和睦才幸福，
经常吵闹怎生存？
离异分手两不利，
婚前一定找好人。

车　祸

惊心动魄一瞬间，
一辆小车翻下山。
车上三人都受伤，
一人伤重命危险。

山路弯曲车速快，
麻痹大意惹祸端。
幸亏抢救很及时，
否则损失更为惨。
血的教训应牢记，
开车千万要安全。

2000.3.14 于鹰潭

　　注：2000 年 3 月，安徽省民政厅一辆桑塔纳轿车行驶到江西省弋
阳县内一山区路面时，因车速过快，占道行驶，同对面开来的中型货车
相遇，随后翻下山坡，民政厅纪检组组长受重伤，生命垂危。

鸡鸣与蛙叫

清晨蛙声令人烦，
雄鸡鸣叫听不厌。
一个噪音太刺耳，
一个让人莫贪眠。

农民工

宽广的道路是他们修建，
万丈高楼有他们洒下的血汗。

千斤重担他们能挑起来，
脏活重活他们照样能干，
他们刀山能上，火海能下，
为国家建设做出了重大贡献。
我们要向他们学习，向他们致敬，
竖起大拇指为他们点赞。

春　风

和煦的春风把号角吹响，
千树万树都换上了新装。
枯黄的小草已经变绿，
百花露出笑脸、竞相开放。
冰冻的小河已经苏醒，
欢快地缓缓流淌。
尖嫩的竹笋破土而出，
争先恐后地往上生长。
田野铺上了碧绿的地毯，
小鸟在林中自由歌唱。
神州大地万象更新，蓬勃向上，
中国人民脱贫攻坚的决心更大，
振兴中华的信心更强！

欢庆港珠澳大桥通车

一条巨龙飞海中，
港珠澳门三地通。
炎黄子孙智慧高，
创造奇迹立大功。
如今进入新时代，
中华复兴将圆梦。
齐心协力奔小康，
神州处处换新容。

共同命运来创造

地球面积不算小，
人类生存足够了。
但有恶魔要称霸，
制造麻烦真不少。
军事冲突不间断，
亿万人民受煎熬。
无数生命被夺去，
家破人亡房屋倒。
世界人民拧成绳，

制止战争和平保。
扫除一切害人虫，
共同命运来创造。

马旭捐款有感

一生勤劳和节俭，
却把巨款来捐献。
心系家乡为人民，
崇高品德重于山。

注：马旭是我国第一位女空降兵，时年八十五岁，一生勤劳节俭、艰苦朴素，却给家乡捐款一千万元人民币。

住　房

历代帝王住宫殿，
故宫尚在人不见。
普通房屋一样住，
何必去把豪宅建？

孙儿患病

孙儿感冒发高烧，
爷爷心中滚油浇。
倘若生病能代替，
甘愿为他受煎熬。

梅花颂

春风中百花争艳，
你不愿露出笑脸。
寒冬时草枯花谢，
你却是清香满园。
顶风冒雪挺拔立，
不畏冰刀和霜剑。
世人皆爱梅花香，
莫忘香中有苦寒。

春　光

春光明媚百花艳，
神州处处换新颜。
巨龙腾飞雄狮醒，
振兴中华在眼前。

2019.3

扶贫攻坚（二）

扶贫攻坚力度大，
举国上下协力抓。
脱贫一个不能少，
中国经验世界夸。

2019.4

赞"一带一路"

"一带一路"倡议好，
共同发展见成效。
放眼世界胸怀广，
互利双赢决策高。

2019.3

绿水青山

绿水青山是宝库，
脱离贫困能致富。
远见卓识人人赞，
改善环境莫迟误。

2019.4

青松颂

奇峰之上一青松，
挺拔屹立郁葱葱。
不怕狂风和暴雨，
何惧炎夏与寒冬？
深根扎在岩缝里，
天崩地裂难撼动。
伴随群山志弥坚，
顽强精神游人颂。

2019.4

小　鸟

画眉小鸟真可爱，
天还未亮就起来。
悦耳歌声唱不完，
树林成了大舞台。

2019.4

扫黑除恶（二首）

一

黑恶势力实可恨，
横行霸道害百姓。
高举利剑除妖魔，
社会方能有安宁。

2019.4

二

黑恶势力太可恨，
为非作歹害人民。
社会主义新时代，
岂容妖魔来横行？
举国上下齐动员，
斩草除根有决心。
法网恢恢难逃脱，
执法如山不留情。

2019.6

公园所见

一老带一小，
公园来逍遥。
小的前面跑，
老的忙呼叫。
小的跑得快，
老的难追到。
小的忽跌地，
老的也摔倒。
游客搀老人，
又把小孩抱。
老小手拉手，
众人哈哈笑。

2019.4

惩贪有感

古今贪官下场惨，
身败名裂丑闻传。
飞黄腾达一场梦，

牢狱之中度残年。
家破人亡酿悲剧，
悔恨失足为时晚。
清正廉洁人称颂，
以权谋私臭万年。
诚实正直有好报，
投机钻营跌深渊。
为国为民除害虫，
惩腐利剑永高悬。

2019.4

有　感

人生道路实短暂，
光阴似箭不可转。
多做有益社会事，
留得美名天下传。

2019.4 于合肥

中美贸易战

中华崛起有人怕，
千方百计来打压。
无端挑起贸易战，
妄想独自成赢家。
中国人民骨头硬，
天崩地裂摧不垮。
欺凌霸道罪滔天，
一意孤行遭唾骂。
改革开放硕果累，
"一带一路"成效大。
螳臂当车下场悲，
巨龙腾飞举世夸。

2019.5

新疆垦荒者颂

昔日荒漠无人烟，
草木不生鸟难见。
中华自有好儿女，

决心为国做贡献。
离家千里来边疆，
改天换地斗志坚。
狂风飞沙何所惧，
哪怕酷暑与严寒。
前赴后继干劲足，
绿树成荫塞江南。
高楼大厦耸入云，
人间奇迹天下传。
英雄美名四海扬，
千秋万代永怀念。

2019.5

悼友人

近日见君身犹健，
谈起往事喜开颜。
今朝忽闻已仙逝，
不觉泪水湿衣衫。
人生如梦风险多，
前进路上不平坦。
牢记幸福才奋斗，
但愿过好每一天。

2019.5

历史车轮

历史车轮向前进，
人类需要共命运。
平等互利多协商，
世界方能有太平。
有人偏要走邪道，
妄想全球一口吞。
蚍蜉撼树不自量，
欺凌霸道火烧身。

2019.6

巨龙腾飞

巨龙腾飞五洲夸，
唯有恶魔最害怕。
千方百计来拦阻，
搬起石头把脚砸。

2019.6

脱 贫

脱贫一个不能少，
豪言壮语冲云霄。
世上穷人千千万，
有谁能摘贫困帽？
改革开放硕果累，
神州处处换新貌。
不忘初心人为本，
党的教导要记牢。

2019.6

怀念我的爷爷

爷爷待我恩如山，
儿时整日来相伴。
虽然双眼已失明，
心中自有灯一盏。
古今故事讲得多，
民间歌谣诵不完。
教我做人要诚信，

读书学习心应专。
远离家乡去求学，
祖孙时刻互思念。
得知因病永诀别，
顿时泪水涌如泉。

2019.6

八十抒怀

毕竟年已到八旬，
心想作为力不行。
倘若时光能倒流，
再为祖国献青春。

2019.6

受贿卖国的奸相——后胜

后胜是春秋战国后期齐国齐王建时的大臣,官居丞相要职。秦国当时最为强大,先后并吞了韩、赵、魏、楚、燕等国,直接威胁到齐国的安全。

早在秦国进攻赵国时,赵国曾请求齐国出兵援助,并要求供应赵国粮食。齐国的谋臣周子,也劝说齐王建出兵帮助赵国。他认为,赵国对齐国起着捍御作用,犹如唇齿关系,唇亡则齿寒。他告诫齐王建,今天赵国如被秦国灭亡,明天秦国就会来进攻齐国。然而,齐王建根本听不进周子的忠告,拒绝援助赵国,以致赵国不久即被秦国灭亡。

秦国消灭赵国和其他国家后,当然不会让齐国长期存在下去。它为了吞并齐国,极力拉拢收买齐国丞相后胜,让其充当内奸,为秦国效劳。为此,秦国派人送给后胜大量财物。后胜受贿后,便死心塌地地为秦国卖力,经常暗地派人去秦国通风报信,讨好秦王。秦国又向后胜派去的人贿赂了大量财物,这些人受贿后也充当了秦国的间谍。后胜等人置齐国利益于不顾,竟怂恿齐王建去秦国朝拜秦王,向秦王俯首称臣;他们要齐王建"不修攻战之备",放松对秦国入侵的警惕;他们还要齐王建拒绝同其他国家建立共同对付秦国侵略的联盟关系,当其他国家遭受秦国侵略向齐国求援时,后胜等人竭力反对齐国出兵支援,以致这些国家先后被秦灭亡。

秦国灭亡了韩、赵、魏、楚、燕等国后,便把进攻的矛头指向了齐国。由于齐国对秦国的进攻毫无防备,又有后胜等人做内应,秦兵得以长驱直入,很快就占领了齐国的都城临淄,齐王建被迫投降。秦王虽然没有把他杀掉,却也没有予以优待,而是把他赶出临淄,迁择偏远的共地。

　　齐国的百姓无不怨恨齐王建不善于治理国家,致使齐国灭亡。他们尤其怨恨齐王建宠信后胜这样的奸臣,害了国家,害了百姓。齐国民间广泛流传着一首讽刺齐王建的民谣:"松耶柏耶?住建共者客耶?"意思是说,齐国之所以被秦国灭亡,齐王建被赶出临淄迁往偏远的共地,正是由于齐王建不审慎用人,误用了后胜这样的奸相,以致自食其果。

伯嚭受贿致吴亡

春秋战国时期,越王勾践卧薪尝胆、奋发图强、反败为胜的故事,流传至今。

勾践乃大禹的后代,越国的都城在会稽(今绍兴)。吴、越两国是邻国,经常互相征讨交战,积怨较深。一次,吴王夫差又要准备攻打越国,勾践得到情报后,决定先发制人,抢先进攻吴国。上将军范蠡是一位有远见卓识的栋梁之臣,他劝阻越王不要攻打吴国,认为"行者不利"。但勾践不听,坚持兴师伐吴,结果被吴王夫差率精兵打败,被围困在会稽山上。勾践在外无援兵、内无粮草、走投无路的情况下,只得采纳范蠡委曲求全、以图东山再起的策略,派大夫种求见吴王夫差,表示愿意向吴王称臣,并将自己的妻子献给吴王做妾。吴王夫差准备答应勾践的要求,赦免其罪,却遭到大臣伍子胥的坚决反对。大夫种返回后,向勾践报告了情况。勾践感到大势已去,非常悲观、失望,决定先把自己的妻子杀掉,再把携带的珍贵宝物焚毁,然后带领仅剩的五千余士兵,冲下山去同吴军决一死战。

在此紧急关头,大夫种想到了吴国太宰伯嚭。他告诉越王勾践:"太宰伯嚭是一个非常贪利的人,如果多给他一些财宝,可让他在吴王面前求情。"于是,勾践便让大夫种带着一些美女和财宝,暗中送给伯嚭。伯嚭便领着大夫种去见吴王夫差。大夫种对吴王说道:"如果大王能赦免勾践,勾践愿将国中所有珍宝献给大王;如果大王不能赦免勾践,勾践将杀掉自己的妻子,焚毁其宝物,并将率领五千余人马同大王决一死战,那时,谁胜谁负还很难说哩。"伯嚭也劝告吴王道:"越王勾践甘愿做大王的臣子,如将他赦免,对吴国是有利无害的。"吴王夫差听了伯嚭之言,觉得也有道理,决定赦免勾践。伍子胥得知后,坚决反对这样做。他劝说吴王:"如果现在不消灭越国,将来必定后悔莫及。因为勾践是一位贤明的国王,大夫种和范蠡都是忠良之臣,如果赦免了越王,有一天他会起兵反对吴国。"然而,吴王夫差为伯嚭的花言巧语所迷惑,哪里听得进伍子胥的忠言?遂赦免了勾践,罢兵回吴。

越王勾践回国后,一直难忘被吴王打败所蒙受的耻辱,做梦都想消灭吴国,以报仇雪恨。为此,他卧薪尝胆,艰苦奋斗,节衣缩食,礼贤下士,振贫吊死,亲自耕作,奋发图强,使越国渐渐强盛起来。同时,他积极开展外交活动,同齐、楚、晋等国搞好关系,继续给吴国送去大量财物,表示对吴王的忠心。

几年后,吴王准备率大军攻打齐国。勾践得知后,又派人暗中给伯嚭送去大量财物,并提出愿意派兵协助吴国攻打齐国。伯嚭多次接受越王的贿赂后,便时常在吴王面前说勾践的好话,使吴王完全放松了对越王的戒备,放心地去攻打齐国。然而,伍子胥这位对吴王忠心耿耿的大臣,始终没有放松对越国的警惕。他认为越国是吴国的心腹大患,应该先消灭越国,然后再去攻打齐国。为此,伯嚭把伍子胥看成实现其阴谋诡计的严重障碍。伯嚭在吴王面前诬陷伍子胥同齐国私通,对吴王伐齐心怀不满,如果不把他除掉,将来会反吴作乱。吴王听信了伯嚭的谗言,便派人赠给伍子胥一把宝剑,逼其自杀。伍子胥含恨而死后,吴王夫差遂率大军北上进攻齐国。这时,国内空虚,仅留太子等守卫都城姑苏。勾践认为攻打吴国的时机已到,亲率大军征伐吴国,斩杀了吴国太子。过了几年,勾践再次进攻吴国,杀了夫差,消灭了吴国。

伯嚭受了越王勾践的贿赂后,甘愿为其效劳。在他的帮助下,勾践被吴王赦免,死里逃生,如虎归山,后来反将吴国灭亡。不仅如此,伯嚭还诬告、陷害忠臣伍子胥,唆使吴王逼其自杀,以便使自己的阴谋得逞,真是罪大恶极。然而,他虽然背叛了自己的祖国,为越国的胜利立下了汗马功劳,却没有捞到一官半职;相反,勾践以"不忠于其君而外受贿赂"的罪名,将其杀掉。这是他咎由自取、罪有应得的,也是贪利受贿、出卖国家和人民利益者的必然下场。

本文载《安徽法学》1998 年第 5 期

刘瑾贪贿下场悲

　　刘瑾是明朝武宗皇帝朱厚照宠幸的一个太监。此人与其他太监狼狈为奸，专门引诱朱厚照吃喝玩乐，纵情淫欲，疏于朝政。他被朱厚照重用为内宫监后，大权在握，无恶不作，明目张胆地残害忠良，许多忠心报国的大臣被其诬为奸党，或遭逮捕，或被罢官。

　　刘瑾一伙不择手段地聚敛财富，大肆索贿受贿，勒索百官和民众。凡京官奉命出使，地方官入京朝觐，均得向他们行贿，否则便要遭殃。如延绥军刘宇因未送礼，就被逮捕入狱；宣府巡抚陆完送礼迟了一点，几乎被治罪，后来送了礼，才让其试职视事；给事中周钥奉命勘查回京，因无钱送礼，害怕遭到刘瑾的迫害而恐惧自杀。武宗正德三年（1508年）正月，全国十三个布政使进京朝觐，刘瑾竟令每人纳银二万两，否则不予放回。

　　刘瑾还通过卖官鬻爵攫取大量钱财。正德三年，荆州知府王绥、武昌知府陈海均因不法被罢官，由于二人重贿刘瑾，不仅得以留任，后来还升了官。御史刘宇向刘瑾行贿黄金万两，即被升任为兵部尚书。刘瑾向进士吴俨索贿，许以高官，被吴拒绝后，便利用考核官吏之机将其罢免。安国等六十人由武举考试中第，刘瑾许以安排官职向他们索贿，因他们无钱可给，竟被刘瑾全部编入行伍，遣戍边境。有一县令犯了死罪，因向刘瑾重金行贿，便能逍遥法外。而负责漕运的陈熊，因刘瑾向他索贿未达到目的，便被打入牢中。

　　刘瑾还利用手中权力大肆贪污国库银两，并任意增加税收，掠夺农民田地。朝野对他的所作所为无不怨声载道，恨之入骨。

正德五年(1510年)四月,明太祖朱元璋的玄孙安化王朱寘鐇举兵讨伐刘瑾;同年八月,都御史杨一清等设计将刘瑾逮捕。武宗皇帝亲自率卫卒抄没刘瑾的家产。查抄出:"金二十四万锭五万七千八百两,元宝一百万锭,银八百万锭又一百五十八万三千六百两,宝石二斗,金钟二千只,金钩三千枚,玉带四千一百六十二束……总计金二百零五万七千八百两,银二亿五千九百五十八万三千八百两。"

刘瑾被判处极刑,凌迟三日。行刑时,京城欢声雷动,百姓们无不拍手称快。一些遭受刘瑾迫害的民众,竟以一钱换取刘瑾被凌迟时割下的一块肉,用来祭奠冤死者的亡灵,发泄对刘瑾的刻骨仇恨。

贪贿者自古没有好下场,刘瑾就是一例。

本文载《廉政风云》1998年第3期

和珅的家产

　　看过电视连续剧《宰相刘罗锅》的朋友,无不称赞刘罗锅为官清正廉洁,敢讲真话,勇于同贪官污吏做斗争的可贵品质;同时对和珅这个专会阿谀奉承、讨好皇帝、欺上瞒下、贪得无厌的可耻之徒,嗤之以鼻,痛恨万分。

　　和珅,字致斋,满族人,由于他能说会道,善于拍马逢迎,又有一套敛财的本领,能够满足乾隆皇帝奢侈生活的需要,因而深得乾隆皇帝的赏识和重用。

　　乾隆皇帝让和珅掌管国家财政和用人的大权。和珅趁每年皇太后、皇上、皇后过生日、做寿的机会,向各级官员和商人们大肆搜刮财宝。他还采取向地方督抚们层层摊派的办法,大肆索取钱财,一方面满足乾隆皇帝的穷奢极欲、挥霍无度,另一方面将大量财物装进自己的腰包。那些地方上的贪官污吏,为了讨好皇帝和和珅,不顾人民死活,拼命搜刮财物。在乾隆统治后期,形成了以和坤为中心的贪官污吏网络。

　　"多行不义必自毙",和珅的罪行引起了朝廷上下的不满和愤恨。就在乾隆去世后不久,给事中王念孙率先上疏嘉庆皇帝,揭露和珅的不法之事。嘉庆很快将和珅逮捕治罪。经五大臣会审,查明和珅有20条罪状。从他家里查抄的家产之多,令人难以置信。其家产的清单的一部分即有房屋2000余间;田地8000余顷;银号10处,本银60万两;当铺10处,本银80万两;金库内赤金58000两;银库内银元宝、京镍、赤镍8955000多个;珠宝、绸缎、人参等不计其数。仅据籍没入官的

109 号本银,可抵甲午、庚子两次赔款的总额。当时清王朝每年收入为 7000 万两,而和珅的这部分家产多达 8 亿两,比清廷 10 年收入的总和还要多。和珅被处死了,真是死有余辜。

本文载《廉政风云》1998 年第 5 期

李牧之死

　　李牧是春秋战国时期赵国的一位杰出将领。他奉命镇守边关,防备匈奴入侵,屡建奇功。李牧智勇双全,很会带兵作战。他采取加强练兵,厚待将士,不轻易与匈奴交战,用以麻痹敌人的策略,收到了明显成效,使匈奴不敢轻举妄动,边关安然无事。然而,赵国的国王对他的做法却很不理解,认为他是惧怕匈奴,是一种怯懦的表现,于是撤了李牧的职,让他人取而代之。新任命的将军上任后,一改李牧原来的做法,匈奴每次入侵边关,他都出兵交战,但都以失败而告终,损失惨重,民不安生。为此,赵王只好又请李牧出山。李牧没有马上答应,以自己身体有病婉言拒绝。后经赵王再三恳请,他才有条件地答应了赵王的要求。

　　他向赵王提出,如一定让他前去镇守边关,请允许他仍旧按照以前的办法行事。赵王同意了他的要求。

　　李牧到达边关后,仍像过去一样,严守关门,匈奴前来挑战,不与其交战,数年如此。匈奴误认为李牧胆怯,逐渐麻痹大意起来。与此同时,李牧却抓紧练兵,天天赏赐战士,以激励士兵们的斗志。战士们得到赏赐后,心中很是不安,迫切要求同匈奴决一死战,杀敌立功。李牧看到时机已经成熟,便精选了十万大兵,采取诱敌深入的方法,大破匈奴十余万骑兵,并消灭了匈奴的几支骨干队伍,从而使匈奴之后十余年都不敢接近赵国的边城。

　　不久,秦国大举进攻赵国。赵国大将扈辄不善于领兵打仗,结果战败被杀,他所率领的十万大军也全军覆没,赵国危在旦夕。在这紧急关头,赵王又任命李牧为大将军,让他率领大军抵御秦国的入侵。李牧果然不负众望,以其卓越的军事才能,大破入侵的秦军,使赵国转危为安。这时,秦国深深意识到,要想消灭赵国,必须先除掉李牧。于是秦王大肆向赵王身边的宠臣郭开行贿,让郭开充当秦国的内奸,千方百计陷害李牧。郭开收受秦国的大量财物之后,便到处散布李牧伙同司马尚反叛赵国的谣言。昏庸的赵王竟听信了谣言,要剥夺李牧的兵权。国难当头,李牧为了国家和人民的利益,拒绝交出兵权。然而,郭开和赵王不肯罢休,他们密谋派人暗中将李牧逮捕杀害了。

李牧被杀害后仅三个月,赵国即被秦国灭亡。由于赵王用人不当,宠信郭开这样的贪贿卖国的奸臣,对忠臣良将不仅不信任,而且迫害致死,以致国家灭亡。这一历史教训,值得人们深思。

本文载《安徽法学》1999 年第 4 期

以身殉法的李离和石奢

近读《史记·循吏列传》，深为以身殉法的李离和石奢的事迹所感动。

李离是春秋战国时期晋国晋文公当政时的一位狱官，一次，因偏听偏信，办错了案，误杀了人，感到十分内疚，决心以身殉法。

晋文公得知这一消息后，便来劝慰李离。他说："官吏有贵贱之分，刑罚也有轻重，你的部属有过错，不能怪你。"李离说："我身为狱官，并没有让位给部属；我得到的俸禄很多，并没有分赏给部属。今因偏听偏信杀错了人，竟要去追究部属的责任，这是从来没有的事儿。"晋文公又说："你自以为有罪，照你这样说，岂不连我也有罪了吗?"李离又说："按照法律规定，执法人员不依法办事，办了错案，必须承担法律责任。错杀无辜者，当然应判处死刑。您信任我，认为我善于办案，才委任我为狱官。现在，我辜负了您的信任，误杀了好人，这是罪不容赦的。"李离不听晋文公的劝告，遂自杀身亡。

石奢是楚国楚昭王当政时的丞相，为官清正廉洁，刚直不阿。一次，他路过一个县城，正遇有人在行凶杀人，他连忙去追捕凶手，岂料凶手原来是自己的父亲。石奢是个孝子，他不忍心逮捕自己的父亲，于是放了他。回到京城后，他为此事感到非常不安，他把自己捆绑起来后，派人去告知楚王："杀人的凶手是我的父亲，如果我把他捉拿归案，是不孝的行为。然而，如果不严格执法，将凶手绳之以法，则是不忠于国家，有失职守，应该追究我的罪责。"楚昭王听后不以为然，说："你没有追到父亲，不能认为有罪，还是安心地工作吧。"石奢则说：

"如果我不放走自己的父亲，我就不是孝顺的儿子，但是，如果我不秉公执法，就不是忠臣。大王赦免我的罪行，虽然是对我的恩惠，但我不能不以身徇私，这是由我的职责所决定的。"于是，石奢不听楚王的劝慰，遂自刎而死。

李离和石奢以身殉法的故事，读后令人感叹不已，它们给人以启迪，发人深省。在我国古代，像李离、石奢这样执法如山、以身殉法的官吏并不少见，他们的事迹流芳百世。如今，我们的广大政法干警绝大多数都是能够恪尽职守、依法办事的。他们当中涌现出一大批铁面无私、不畏权势、秉公执法的先进典型人物，受到人民群众的称赞。但是，在我们队伍中也有少数人以权谋私、徇私枉法，不能做到司法公正，群众反映强烈。他们是政法队伍中的败类和害群之马。他们在李离和石奢的面前，应该感到羞愧和悔恨。李离、石奢的可贵之处在于能够尽职尽责，忠于职守，自觉地维护国家法律的尊严。他们深知，作为执法者，如果不能严格执法，工作出了差错，就应当主动承担责任，依法追究自己的责任。而现在有些执法人员工作中出了差错，办了错案，往往不是主动地承担责任，实事求是地加以纠正，而是遮遮掩掩，千方百计地找借口，推脱责任，坚持错误，以致一些错案得不到及时纠正。这种人群众观念、法制观念十分淡薄，政治素质、业务素质比较差，根本不适合搞政法工作，有关部门应当下决心把他们清理出政法机关，免得一颗老鼠屎坏了一锅汤，否则，后患大矣。

本文载《安徽法学》1999 年第 6 期

散文篇

学学齐威王的"干部考察法"

据《史记》记载,齐威王即位以后,大胆放手让下属官员处理政务,并暗地里对他们的政绩进行考察。有一位在即墨做官的大夫,到任后,勤政廉政,广辟良田,使人民生活丰衣足食,社会安宁,把即墨治理得很好,深得百姓拥戴。但是,齐威王身边的人经常说这位大夫的坏话。相反,另有一位在阿地做官的大夫,却不勤于政,致使阿地田野荒芜,百姓生活贫困,而且当敌国来进攻齐国的属地时,他本应出兵救助,却不出兵救援。但就是这样一个庸官,齐威王身边的近臣却不断在齐威王面前说他的好话,为他歌功颂德。情况到底如何?齐威王没有偏听偏信,而是派人到即墨和阿地明察暗访,很快弄清了事情真相。

齐威王了解到,即墨大夫是一位政绩显著、勤政廉政的好官,之所以遭到诽谤,是因为他为人正派,不愿行贿,遭到一些小人的忌妒中伤;而阿地大夫无政绩受到赞誉,是因为他为官不正,广行贿赂,买通内臣,替自己吹嘘,企图得到提拔重用。于是,齐威王果断地对即墨大夫予以重赏,"封之万家",而将毫无政绩、投机钻营的阿地大夫以及那些接受阿地大夫贿赂后歪曲事实、颠倒黑白的侍臣统统处死。消息传出后,齐国上下无不震惧,从此"人人不敢饰非,务尽其诚,齐国大治。诸侯闻之,莫敢致兵于齐二十余年"。

齐威王的做法,对我们很有启发和借鉴。当前,在考察使用干部工作上,一些地方存在着严重的不正之风,致使一些德才兼备的优秀干部得不到提拔重用,而一些没有真才实学,专会投机钻营、弄虚作假、逢迎拍马、搞不正之风的人,却被委以重任、飞黄腾达,有的甚至搞权钱交易,买官卖官,置党纪国法于不顾等等。这些虽然只是极少数地方和单位存在的问题,但在群众中的影响很坏,也挫伤了很多干部的工作积极性,不利于党的事业。

今年入汛以来,我国长江中下游广大地区和松花江、嫩江流域发生了历史上罕见的特大洪水。在抗洪抢险斗争中,我们许多党员领导干部身先士卒,置个人安危和家庭于不顾,哪里有险情,就在哪里同群众一起战斗,为保卫国家和人民的生命财产安全做出了突出贡献。他们经受了这场洪水的严峻考验,证明他们是人民的好公仆,党的好儿女。但是,也有极少数党员干部经不起抗洪抢险斗争的考验。有的被滔滔洪水吓破了胆,贪生怕死,临阵脱逃;有的工作极端不负责任,麻痹松懈,根本不把人民的生命财产安全放在心上。对抗洪抢险中违反党纪国法的干部,有关地方的党委都果断及时地进行了处理,群众无不拍手称快。这些人,平时也会讲一些冠冕堂皇的大道理,而且会振振有词地要求别人应该如何如何去做。然而,在紧要关头,在滔滔洪水面前,却暴露了他们说的是一套,做的又是一套,根本不具备党员干部的素质和条件。

"滔滔洪水当考官",在抗洪抢险斗争中,好官、坏官立见分晓。这也再次证明,提拔使用干部,不仅要听其言,而且要观其行,应当着重考察其工作实绩如何,尤其要把他放在最艰苦的环境中去锻炼和考察,看他在关系党和国家利益、人民群众生命财产安全的紧急关头时的表现如何。这样才能真正选好人,用好人。

本文载《党员生活》1998 年第 10 期

一代贪官淳于长

　　西汉成帝时,出了一个显赫一时的大贪官淳于长。他的姨娘是汉元帝的皇后,汉成帝的皇太后。其舅父王凤是大司马、大将军,其他几个舅舅也被封侯。凭借他们的权势,淳于长被封为黄门郎之职。这为他出入于宫廷之中、往来于达官显贵之间提供了方便。于是,这个善于投机钻营的家伙,千方百计地接近和讨好汉成帝,逐渐取得了成帝的信任,官职一升再升,由黄门郎升为卫尉,由卫尉被封为侯,成为成帝身边的宠臣。

　　淳于长掌握了权势之后,便大肆索贿受贿。他索贿受贿的手段主要有:一是向各地官员提供官场信息,答应为他们引荐,向他们索取大量的财物。一些官吏想通过淳于长的引荐,得到皇帝的重用,把从百姓身上搜刮来的财物,送进他的腰包。在一两年时间内,淳于长的家财已达到"巨万"。二是采用欺骗的方法,诱人行贿。成帝废除了原来的皇后,由赵飞燕取而代之。淳于长获悉许皇后钱财很多,便利用她想继续得到皇帝宠爱的心情,引诱其向自己贿送财物。他与许后的姐姐许孊私通,后又娶在家中为"小妾",以此表明他们的关系非同一般,使许后对其更加信任,对他答应在成帝面前说情,劝成帝立其为"左皇后"而深信不疑。于是,许后不断将自己多年积蓄的财宝送给淳于长。在不长的时间内,淳于长诱骗许后的财宝"千余万"。淳于长用这些钱财,广纳姬妾,沉溺酒色,过着穷奢极欲的生活。

　　淳于长为了取得大司马的高位,同王莽发生利害冲突,两人都想谋取这一显赫职位。由于王莽掌握了淳于长的不法所为,向太后和准备退休的大司马王根做了报告,淳于长被免去了官职。被免官后,淳于长贼心不死,他用大量财物向江阳侯王立行贿,要王立为自己在成帝面前说情,以便官复原职。"有钱能使鬼推磨",王立本来同淳于长有矛盾,收受淳于长的贿赂后却不计前仇,居然上疏成帝,请求让淳于长留任。然而,成帝深知王立与淳于长长期不和,矛盾很深,现在王立竟站出来为淳于长说情,真有些不可思议。于是成帝派人进行调查,终于把淳于长的犯罪事实揭露出来,便下诏将其杀死于狱中。

本文载《廉政风云》1998 年第 4 期

唐太宗严惩贪官

唐太宗李世民是一位文治武功颇有建树的皇帝。他的"贞观之治"在我国历史上开创了"太平盛事"的辉煌成就,写下了浓墨重彩的一笔。

李世民不仅知人善任,从谏如流,而且能够力戒奢侈浪费之风,严惩贪官污吏,这是其政权得以巩固、社会安定的重要原因之一。

贞观七年(633年),太宗李世民巡视到蒲州,该州刺史赵元楷为讨太宗欢心,以便得到提拔重用,竟不顾天气寒冷,令当地百姓夹道欢迎御驾到来。百姓们穿着单衣,忍饥挨饿在路旁等候,苦不堪言,怨声载道。不仅如此,赵元楷还把州府和城内舍馆装饰一新,并准备了几百只肥羊和数千尾大鱼,打算送给一些达官贵人。这件事后来被告发,太宗十分恼火,他责备赵元楷不应该劳烦百姓,铺张浪费,这样做是败坏政风!赵元楷为此惶恐不已,不多日即惊吓成疾,一命呜呼。

贞观年间,沧州刺史席辩贪赃枉法,无恶不作,他新管辖的长芦县县令李太辩也是一个贪官,百姓们对其恨之入骨。有人向该州按察使告发了李太辩的问题,李得知后十分恐惧,赶忙去求席辩帮忙,为此他送给席辩绸绢200匹、绫罗30匹。席辩受贿后便对李加以包庇,对其贪贿问题竟不予查究。此事败露后,唐太宗非常恼怒,遂诏令将席、李二人立即押至京城审问,并令各地官员前来观看,之后,即将二人斩首示众。

本文载《廉政风云》1998年第2期

访美散记

应美国马里兰州友好城市办公室和巴尔的摩大学法学院的邀请，以安徽省法学会会长金继石为团长，由公、检、法负责人组成的安徽省法学会代表团一行四人，于1994年11月27日至12月初，在美国进行了友好访问。这次访问的目的是，促进和加强安徽省与马里兰州司法界之间的联系和学术交流。安徽省和马里兰州自1980年建立友好省州关系以来，经济贸易、科学教育等各方面的交流日益频繁，而法律领域的交往却是空白，为此，双方都希望加强这方面的交往。访问的主要内容是，了解美国青少年犯罪方面的一些情况。

马里兰州有关方面对我们这次访问比较重视，做了细致周到的安排，使我们的访问取得了圆满成功，达到了预期目的。我作为代表团的成员之一，在访问期间的所见所闻，给我的感受颇深，现以散记形式介绍给读者。

洛杉矶见闻

美国西部濒临太平洋的著名城市洛杉矶，是我们访美的第一站。这是一座美丽的山城，不仅气候温暖，四季如春，而且陆、海、空交通十分方便。特别是一流的公路，四通八达，纵横交错，城乡连成一体，给人留下了深刻印象。街道和公共场所甚是清洁干净，看不到果皮纸屑之类的垃圾，尘土也极少。除市中心商店比较集中外，马路上看不到有摆摊设点的。不仅洛杉矶是这样，我们到过的美国其他几个城市也是如此。在我想象中,美国作为经济最发达的资本主义国家,大街小巷,公共场所摊点一定很多,出乎意料的却是很少看到在国内较为普遍的情景。这说明搞市场经济,并非要到处摆摊设点,以致不顾市容和交通秩序。

美国可谓是汽车的海洋,马路上的车辆日夜川流不息。美国对交通秩序的管理十分严格,对车辆乱停乱放、违反交通规则的处罚相当严厉。驾驶人员最怕有违反交通规则的记录,一旦被记录,在交纳车辆保险金时费用要高得多。在洛杉矶,行车让人的事给我留下了深刻印象。据陪同的官员介绍,在公路上,司机如遇有行人穿越公路或在路上行走,便主动停车,待行人安全通过之后再开车。这种情况我们也真的碰到了几次。

洛杉矶不仅因建有影城好莱坞、赌城拉斯维加斯以及迪士尼乐园而闻名于世,还因曾发生过黑人闹事事件而震惊世界。我们怀着好奇和神秘的心情,驱车来到当年发生"暴乱"的市中心。这里高层建筑和商贸中心鳞次栉比,移民局、法院等行政机构也都集中于此。当年从电视里见到的那种闹事时的混乱情景已荡然无存。然而,我似乎感到这太平景象之中依然蕴藏着不安定。陪同我们的安珂公司的李副经理一再叮嘱:"手里的提包千万要拿牢,以防被人抢去。"这给我增添了几分不安全感。当我们在停车场看见一个黑人流浪汉,坐在那里目光呆滞地想着什么心事时,李副经理又告诉我们:"你们不要看着他,他因失业怒气正没地方发泄哩!"我们听后赶紧将目光移开,以免招惹麻烦。在一个偏僻的街道,几十个衣衫不整的人正排着长长的队,有的坐在地上,有的身子斜靠在墙上,一个个无精打采、垂头丧气的样子。这些人中有男有女,有老有少,有黑人也有白人。他们是些什么人?排队干什么?经打听,这是一些失业者,他们排队可能是在领取救济。看到这种情景,我不禁联想到,在有些人的心目中,美国似乎是人间天堂,甚至遍地是黄金,我们这些所见所闻,能给这些人以警醒吗?!

巴尔的摩之行

　　洛杉矶与马里兰州首府巴尔的摩相距遥远,一个在美国的西部,一个在美国的东部,乘飞机要好几个小时。11月29日下午,我们乘飞机离开洛杉矶,晚上八点多钟到达巴尔的摩。巴尔的摩是一座美丽的城市,它濒临大西洋,离华盛顿只有几十公里。由于圣诞节临近,街道两旁的树上挂满了五颜六色的小型灯泡,火树银花,十分好看。

　　在巴尔的摩期间,州友好城市办公室主任巴士克特女士陪同我们访问了该州一家名为山姆思·勃文山姆思的著名律师事务所。这家律师事务所规模较大,有150多名律师,还有一个较大的法律图书资料室。我们同律师事务所的律师以及检察官、法学教授等,就青少年犯罪问题进行了座谈。据美方介绍,在美国,年龄在18岁以下的被视为青少年,但依据当事者所犯罪行的轻重和犯罪类型,有的也被划为成年人犯罪之列,如杀人、强奸罪等。美国青少年犯罪中最常见的是盗窃犯罪,在大多情况下,警察不对他们采取拘留措施,而是先交给他们的父母带回,然后再提交州检察官审查,检察官经调查认为构成犯罪,再移送少年法庭进行审判。犯罪的青少年多因家庭破裂或家庭生活贫困或失学等而走上犯罪道路,不少人同毒品犯罪有关。就业机会少,宣扬暴力的电影、电视及音乐录像带对青少年犯罪也有一定影响。他们刑满释放后,由于处在不良的社会环境,往往又会重新犯罪。一位黑人大法官向我们直言不讳地说,那些搞政治的人,如州长、议员等,主张把青少年犯罪作为成年人犯罪对待,他们重视成年人的权利,忽视青少年的权利,因为青少年在政治上没有权利。对青少年的教育改造缺乏经验和人才。由于青少年没有得到特殊的教育和训练,他们释放出来后又会犯同样的罪,重新犯罪率达到70%。当我们介绍了我们国家关于青少年犯罪的有关法律规定,特别是对未满18岁的人犯罪一律不判死刑的法律规定后，他们很感兴趣。而在美国有的城市，包括巴尔的摩，竟把刑事责任的年龄降到 7 岁。

我们还参观访问了马里兰大学法学院、少年法庭和少年犯改造场所，同州检察官、法官、法学教授、律师等广泛地进行了接触，交流了青少年犯罪和其他法律方面的一些情况，增进了相互了解和友谊，所到之处，受到有关方面热情友好的接待。大学校长、法学院院长、法庭庭长、律师事务所负责人都会见了我们。交谈中，他们对加强两省州之间法律方面的交流与合作，提出了许多很好的建议，反映了他们加强合作交流的迫切愿望。州司法部长原要会见我们，后因我们访问日程改变未能会见，美方对此表达了歉意。巴士克特女士虽已年过六十，还亲自开车，自始至终陪同我们参观访问。她说，州政府对我们这次访问非常重视。

在美国的访问时间是短暂的，但给我们留下了深刻印象，达到了增进了解、加强联系、扩大交流的目的，对促进两国、两省州之间的经济合作和法律领域的交流起到了积极作用。

本文载《安徽检察》1995 年第 2 期

清风集

访瑞散记

中国检察代表团一行 23 人,于 5 月 19 日至 6 月 1 日访问了位于斯堪的纳维亚半岛的北欧国家瑞典王国。此行主要是参加在瑞典南部城市隆德举办的中瑞司法研讨班。我作为代表团的成员之一,对这次访问感到收获不小,留下了永远难忘的印象。

隆德印象

隆德是瑞典南部的一座城市,著名的隆德大学就坐落在这座城内。由于这座城市人口仅有 8 万余人,而隆德大学就有 3 万余人,故该城又被称为大学城。隆德是一座美丽而古老的城市,历史上曾属于丹麦的领地,并成为丹麦的首都。这座城市的建筑都具有北欧风格,古朴而精美,其中一座建于丹麦王朝统治时期的宏伟的基督教大教堂,成为这座古老城市的象征。市区街道不宽,地面全部是用长方形石块铺成的,非常干净,灰尘很少。街上汽车和行人都比较稀少,特别是每逢双休日,商店大都停止营业,街上显得十分宁静。

位于市区内的隆德大学,校园环境优美,古树成荫,鲜花盛开,喷泉涌流,是一所公园式的高等学府。洁白的教学主楼宏伟美观,上面还有雕塑和图案,据说是瑞典的一位著名建筑师精心设计的。我们代表团全体成员在这座大楼前集体合了影,留下了美好的回忆。

隆德的居民住宅多为别墅式的一幢一幢小楼房。虽然档次不尽相同,但都比较美观适用,房前屋后都种有花草树木,还有草地,生活在这样的环境里自然是很舒适的。我们代表团住的饭店附近，就是一个居民住宅区，从我所住的三楼房间望去，一幢幢小楼房高低不等，错落有致，花木葱茏，草地如毯。清晨小鸟欢唱，真是个鸟语花香的好地方。

位于这座城市北端的公园，更是令许多人流连忘返的好去处。公园面积很大，没有围墙，没有大门，无须买票。园内有湖，湖面上的天鹅、鸳鸯等水禽自由自在地游来游去；不知名的花草树木随处可见；一大片一大片的绿草皮，宛如舒适的天然大地毯，使人真想在上面躺一躺。从湖里爬上岸来的野鸭和鸳鸯，也知道在这绿地毯上享受一番，它们或者成双成对地在草地上栖息，或者贪婪地啄食着嫩草，游人从它们身旁走过，它们一点儿也不惊慌。当然，游人也不会去侵犯它们，一些小游客还准备了面包等食物赏赐给它们哩！

隆德周围的农村，也到处是森林、草地、别墅和麦田。隆德，不，整个瑞典给人的印象是：城在园中，园在城中。

在梅兰德院长家做客

这次中瑞司法研讨班，瑞方的组织者和主办人是隆德大学法学院院长梅兰德教授。梅兰德院长六十开外，个子较高（北欧人个子普遍较高），身材匀称，脸瘦长，皮肤白里透红，头发灰白，给人的印象是精明强干。4月份在北京举办的中瑞司法研讨班，他曾来讲过课。这次他又为我们介绍了联合国与人权问题。我们这次在瑞典的活动，他做了精心安排，对我们非常热情友好，照顾得很周到。5月24日下午，他邀请代表团全体成员到他的家中做客。

梅兰德院长家位于隆德城郊的一个居民区。这里绿树成荫，鲜花盛开，环境优美，一幢幢美观别致的小别墅坐落在花木丛中。梅兰德院长住的是一幢二层小楼房，楼房周围种满了树木和花草。楼房前有个四五十平方米的院子,地上长满了绿草,还种有一些花木,让人感到清静、幽雅,仿佛置身于世外桃源。

梅兰德院长和他的夫人就在院子里准备了瑞典传统家宴招待我们。我们边吃边交谈,气氛热烈友好。梅兰德院长还邀请了汉森古拉教授的妻子和女儿前来做客。汉森古拉教授是一位来自第三世界国家赞比亚的黑人教授,他是应邀前来为我们研讨班讲课的,他讲了关于人权的普遍性,其观点同我们关于人权的观点较为接近,因而受到我们代表团的好评。当我们告诉他的妻子,汉森古拉教授的课讲得很好时,她听了很高兴,表示一定把我们的好评转告给汉森古拉教授。

从梅兰德院长邀请汉森古拉教授讲课以及邀请他的妻子和女儿到自己家里做客来看,梅兰德院长不仅没有种族偏见,而且对不发达国家的学者也是尊敬的。

风趣幽默的隆德市长

在我们代表团到达隆德市的第三天下午,隆德市市长纳瑞·安道在市政府办公室会见了我们代表团全体成员,并举行了简单的招待会。这位市长身材不高,稍胖,谢顶,说话风趣幽默。他胸前挂了一枚比较大的纪念章,接见厅内摆了一些古玩和纪念品。其中有一本精装的风景画册,我随手翻看了一下,见里面有安徽黄山的画面,十分高兴地向纳瑞市长介绍了黄山的情况,并欢迎他有机会到安徽访问,一睹黄山的美丽风光。

交谈中,纳瑞市长告诉我们,他上下班都是骑自行车,这样既可以锻炼身体,又能呼吸新鲜空气,还能接触市民,与市民进行交谈,使市民感到市长是他们的公仆,以便下届还能连选连任。他说,隆德与广东省佛山市是友好城市,佛山市市长来这里访问时,当他向这位市长介绍说他上下班都是骑自行车时,这位市长十分惊讶。他很风趣地说,这位市长当时脸上形成了一个大问号。

纳瑞市长还告诉我们,他对前来隆德访问的中国代表团印象都很好,他们都很友好和善,他非常欢迎中国代表团来访。他说,中国的乒乓球和体操运动很好,中国的体育运动发展很快。他说,瑞典的乒乓球运动也很普及,他为瑞典有瓦尔德内尔这样的优秀乒乓球运动员感到骄傲和自豪。

接见结束后,当我们走出市政府办公楼房时,见门口停放着一辆自行车,不一会儿,纳瑞市长从楼房内走出来,骑上这辆自行车,向我们挥手而去。

见到瑞典首相和冰岛总理

5月21日下午3时半,瑞典首相佩尔松和冰岛总理欧特森一同来到研讨班上,看望了中国检察代表团全体成员。他们的到来,事前并未通知我们,更没有想到两个国家的政府首脑会一同前来。原来冰岛总理前来瑞典访问,佩尔松首相陪同他来隆德访问,得知中瑞司法研讨班在这里举办,便一同来研讨班看望我们。他们先后发表了热情友好的讲话,对我们中国检察代表团来瑞典访问表示欢迎。佩尔松首相还回顾了他去年访问中国的情景,并对中瑞经济贸易的不断发展感到高兴。他说,瑞典的爱立信等公司在中国的市场很好,两国经济贸易关系发展很快。

两国政府首脑一同会见一个国家的代表团的情况是少见的,这不仅体现了这两个国家对中国检察代表团来访的高度重视,而且也体现了两国政府对改善和发展同中国经济贸易和友好往来的真诚愿望。他们来时轻车简从,没有那种前呼后拥、警备森严的情景,给我们留下了深刻的印象。

参观监狱和警察局

瑞典的监狱按安全措施的严密情况分为四级,最严密的为一级。5月27日上午,我们参观了瑞典南部的港口城市马尔默市监狱。这个监狱属于二级监狱。监狱就在市区,没有围墙,没有警卫,同市内其他楼房也没有多大的区别,只是大门是关闭的,进出有监控和电脑控制装备。监狱里面有许多道门,犯人要想跑出来是非常难的。据监狱负责人介绍,这个监狱有161个床位,目前关押了125个犯人,管理人员共有130人,其中看守人员90人。监狱分为四个部分:普通监房、囚禁性犯罪者的监房、囚禁精神病犯人的监房以及单独囚禁室。监狱内还有小型医院、工厂和学校。犯人每天生活费用为1500~1600克朗(1克朗的面值比1元人民币略高)。犯人必须参加劳动和学习,参加劳动可得到一定报酬,每小时最多可得到8.5克朗。对不愿参加劳动的,要强迫其劳动或予以惩罚。对在监狱服刑期间表现不好的,监狱当局有权决定延长刑期45天(对这种做法,瑞典国内舆论多有批评)。

我们还参观了监房。每个监房面积有5~6平方米,放一张单人床、一把椅子、一张桌子,有的监房里还有电视机。有一个西班牙籍的犯人告诉我们,他因犯杀人罪被关进监狱,他每月的劳动报酬是1000克朗,他房内的电视机是监狱里的,看有些频道则需个人付费。我们还参观了犯人劳动的金工车间和包装车间。在金工车间,一个玩具式的十分精巧的小铜炮给我们留下了深刻印象。监狱负责告诉我们,这是犯人们为表示他们技术水平高而且有改恶从善的决心,特意精心加工制作的。

这所监狱的条件、设施都比较先进,防范也较为严密。但看守人员不佩带枪支,只配备电警棍和头盔。1993年,这个监狱曾发生过犯人暴动事件,犯人制伏了看守人员,控制了监狱,后来警察包围了监狱,事态才平息。

当天下午,我们参观了马尔默市的警察局。警察局门口有一个铜质的警察塑像。塑像不大,但形象生动、传神,别有风趣。我们都同这位"警察"合影留念。在警察局,我们参观了指挥中心和一些技术设备。这里的办公条件、技术装备都比较先进,尤其是指挥中心,不仅能同地面及时联系,而且能同直升机进行联系,对指挥侦查破案,发挥了重要作用。在警察局,我们还观摩了预审庭的开庭情况。这天审理的是一起偷窃案件,犯罪嫌疑人因偷窃8000克朗被刑事拘留。拘留是经检察官批准的,但拘留期不能超过三天,三天后如果转为逮捕,必须由法院开庭审理决定。法庭就设在警察局内。开庭时,一名法官和一名书记员坐在正中审判台上,检察官和辩护人、被告人的席位分别设在左右两边(被告人和辩护人坐在一起),证人席则面对审判席摆在下面。审判开始后,先由法官宣布开庭,接着是检察官指控被告的犯罪事实,然后由被告及辩护人答辩,法官简单提问了一下即宣布休庭10分钟,然后继续开庭。控辩双方又各自陈述意见后,法官即进行宣判,结果是被告被释放。检察官对这一宣判显然是不满意的,他告诉我们,半年后还要对这一被告起诉。瑞典的司法制度同我们国家差异较大,对犯罪嫌疑人的逮捕决定权在法院而不在检察院就是一个方面。

乔大使盛赞代表团访瑞成功

5月30日上午,中国驻瑞典王国大使馆派专车接我们代表团全体成员去大使馆做客。乔宗淮大使和高锋政务参赞在大使馆热情地接待我们。乔大使对我们代表团这次来访给予了高度评价,他说,你们代表团的阵容和质量都很高,不低于已经来访的国内其他代表团。他说,瑞典是北欧第一个同我国建交的国家,也是北欧最大的国家,经济也是最发达的。我们比较重视同瑞典的关系,原来两国的关系是比较好的,中途曾有改变,这几年又有好转,去年佩尔松首相访华后,两国关系有了明显改善,但人权问题仍是个障碍,我们主张对话,不搞对抗,你们这次做了大量工作,今后要把这种研讨会的形式纳入正常轨道。

乔宗淮大使是我国著名外交家乔冠华的儿子,很平易近人,且具有外交官的风度。当他得知我在安徽省检察院工作时,他说,他对安徽怀有特殊的感情,他的母亲龚澎就是安徽人。我们在大使馆逗留时间只有一个多小时,但感到就像回到自己家里一样亲切。当看到大使馆院内高高飘扬的五星红旗时,我的内心无比兴奋和激动。啊,伟大的祖国,我们多么热爱您!

不同的人权观念

这次中瑞司法研讨班,重点研讨了人权问题。瑞典方面对研讨内容做了精心安排,请了国内外一些知名专家、学者到研讨班讲课。讲课的主要内容有联合国与人权、人权的普遍性、非政府与人权、禁止酷刑问题等等。讲课内容主要是一般性的情况介绍,对中国的人权问题未加评论和攻击,态度比较友好。有的所阐述的人权观点,同我们的观点比较接近或相似。如赞比亚的汉森古拉教授,他所讲的人权的普遍性,代表了发展中国家关于人权问题的观点。讲课一开始,他就说,赞比亚同中国的关系很好,中国援助修建了坦赞铁路。上个月中国李鹏总理访问了赞比亚,签订了不少合作协定,包括中国在赞比亚开设中国银行等。他说,中国同非洲其他国家的关系也很好,他同在赞比亚工作的许多中国专家都很熟悉。他说,今天见到你们感到很高兴,就像到了家里一样。接着,他讲了人权的普遍性,他认为,人类社会是多姿多彩的,现实世界是多样性的,谈论人权问题应当从这个现实出发,然后向共同的目标前进。他说,由于世界是多样化的,对人权概念有不同看法也是必然的。他说，世界各国是有差别的，地理位置不同，文化传统不同，意识形态不同，经济发展水平不同，对人权概念也有不同看法。非洲有非洲的人权观，拉丁美洲和亚洲国家有拉丁美洲和亚洲的人权观，西方国家有西方国家的人权观，不能把自己的人权观强加于人。他说，当你用手指着别人的鼻子说，你们的制度侵犯了人权，那么你用的是什么标准？是民族观念，是宗教观念，还是意识形态方面的观念？这位黑人教授的讲课受到了我们热烈欢迎。在每一次讲课中，我们也介绍了中国在保护人权方面的努力和成就，特别是修改后的刑事诉讼法和刑法，在保护当事人的合法权益方面有许多具体规定。瑞典朋友听了甚为赞赏，过去他们对中国的情况不甚了解，而那些西方国家攻击中国侵犯人权的材料他们看了不少。看来，在人权方面，我们应该加大宣传力度，理直气壮地同世界各国进行对话和交流，增进互相了解。

中国检察代表团这次在瑞典的访问取得了圆满成功，我的所见所闻颇多，以上只是择要记述，不知能否使读者从中了解一些异国他乡的风情。

本文载《安徽法学》1997 年第 6 期

骑自行车上下班的瑞典市长

中国检察代表团一行 23 人,于近日访问了瑞典王国。我作为代表团的成员之一,感到这次访问留下了永远难忘的印象。

在我们代表团到达瑞典隆德市的第三天下午,隆德市市长纳瑞·安道在市政府办公室会见了我们代表团全体成员,并举行了简单的招待会。这位市长身材不高,稍胖,谢顶,说话很风趣幽默,胸前挂了一枚比较大的纪念章。接见厅内摆了一些古玩和纪念品,其中有一本精装的风景画册,我随手翻看了一下,见里面有安徽黄山的画面,十分高兴地向纳瑞市长介绍了黄山情况,并欢迎他有机会到安徽访问,一睹黄山的美丽风光。

交谈中,纳瑞市长告诉我们,他上下班都是骑自行车,这样既可以锻炼身体,又能呼吸新鲜空气,还能接触市民,与市民进行交谈,使市民感到市长是他们的公仆,以便下届还能连选连任。

接见结束后,当我们走出市政府办公楼房时,见门口停放着一辆自行车,不一会儿,纳瑞市长从楼房内走出来,骑上这辆自行车,向我们挥手而去。

本文载《安徽日报》1997 年 9 月 22 日第 6 版

访欧散记

应意中商会和荷中友协的邀请,安徽省人大友好访问团一行七人,在省人大常委会副主任苏平凡的率领下,于 2000 年 5 月下旬至 6 月上旬,先后访问了意大利、荷兰等国。我是友好访问团成员之一。下面记述的是我在这次访问中的见闻。

勇闯意国的周氏兄弟

我们访问团于 2000 年 5 月 29 日上午从北京乘飞机去意大利米兰,当天下午 2 时 30 分左右(当地时间)到达米兰机场。米兰是意大利北部最大的城市,是意大利的金融商业中心之一。意大利最大的一家华人商贸集团——周氏贸易(集团)公司就在这个城市。

正值该公司举行成立十周年庆祝大会,我们应邀参加了大会。庆祝大会盛况空前,够容纳数百人的米兰体育馆内座无虚席。中国驻米兰领事馆总领事高存铭、中国驻意大利大使馆商务参赞李凤亭以及来自山西、天津、青岛、温州等省市的有关方面负责人都到会祝贺。苏平凡团长也在会上讲了话,表示热烈祝贺。中国煤矿文工团专程前来演出了精彩文艺节目。当地电视台、电台转播了庆祝大会的实况。

我对周氏贸易(集团)公司的情况一无所知,但从这个隆重的庆典会不难看出它在意大利的影响和实力。

周氏贸易(集团)公司,是周立康、周立新、周立波、周立东和周小东五兄弟共同创建的家族式贸易公司。周氏兄弟从 1981 年开始,最初开办一个小中餐馆,逐步发展到开办七个中餐馆。在开办餐馆过程中,他们积累了商贸业务经验,了解到意大利市场的一些行情,特别是我国实行改革开放以来,中意两国的经济贸易往来不断发展和加强,这为周氏兄弟创造了良好的发展机遇。周氏兄弟善于抓住机遇,敢想敢干,果断地决定把经营目标转向进出口贸易。他们经过积极筹备,于1990年5月成立了周氏贸易(集团)公司。由于经营有方、管理得当,业务发展很快,形成了餐馆、超市、加工和贸易一条龙的生产经营体系。该公司以良好的信誉取得了东南亚国家主要商品在意大利销售的代理权。国内沿海地区的许多外贸公司,也同周氏集团建立了良好的合作关系,把国内的一些产品打进了意大利和欧洲其他一些国家的市场。目前,周氏集团已经成为意大利华人群体中的佼佼者,为中意两国的经济贸易发展做出了一定贡献。

这里值得一提的是周立康先生。他是五兄弟中的兄长,也是周氏贸易(集团)公司的董事长。他今年四十多岁,修长匀称的身材,黑红色的皮肤,看上去是一个精明而又诚实可信的人。他待人热情诚恳,讲一口带有温州乡音的普通话,意大利语也讲得很流利。他曾在沈阳某工程兵部队服役,退伍后回到家多,在县民政局工作,1980年随其姨夫来到意大利(他姨夫是一位旅居意大利的老华侨)。周立康来意大利后,为谋生而四处奔波,吃尽了苦头。他先在一家华人开办的中餐馆打工,由于能够吃苦,善于学习,他很快掌握了一些烹调技术和经营管理方法,还积累了一些资金。以后他自己开办了一个中餐馆。这时他的四个弟弟也先后从老家来到米兰。五兄弟同心协力,决心在意大利干一番事业,闯出一片天地。他们又连续开办了六个中餐馆,经济效益越来越好。然而,五兄弟对此并不满足,他们要把生意做得更大、档次更高。于是,他们在1990年建立了周氏贸易(集团)公司。十年来,周氏公司以面向社会、服务侨胞、诚实信用为宗旨,加强了同国内和许多国家的商品贸易往来,年进出口商品总额由几十万美元发展到数千万美元,商品库房由几百平方米扩大到一万两千多平方米。目前,该公司与世界各地几十个合作伙伴进行广泛的合作与往来,成为意大利和西欧经济实力雄厚、影响较大的华人商贸集团之一。

我们为周氏兄弟在意大利取得的辉煌业绩感到高兴,更敬佩他们这种敢想敢干敢闯的创业精神。

我们希望能有更多的华人,像周氏兄弟这样,在异国他乡一显身手,铸造辉煌。

一个三口之家的农户

我们路过比利时一个名为古比斯特的小镇时,走访了附近的一个农户。当我们乘坐的小型面包车在一幢平房门前停下时,从平房内走出一位个子高高的年轻人,他很友好地向我们打招呼。当他得知我们的来意后,便把我们引进平房内。这幢平房原来是他家喂养奶牛的地方,里面堆放着正在搅拌的牛饲料。这些经过发酵的饲料,散发出酒糟的气味。这位年轻人向我们介绍说,他家共有三口人,他的父亲今年七十岁,母亲六十九岁,他自己才二十九岁;他家有 25 公顷土地,主要用于种植牧草、饲料,喂养了 50 头奶牛和 6 万只蛋鸡,全年纯收入约 25 万美元。我们听了介绍后都感到惊奇:一个三口之家的农户,只有一个壮劳力,竟能机械化耕种这么大面积的土地,喂养了这么多的奶牛和蛋鸡,而且收入如此之高,真是不可思议。

为了多了解一些情况,我们提出想看看他的机械化养鸡场,小伙子欣然同意。他开着自己的奔驰牌轿车在前面引路,我们乘坐的面包车在后面紧跟,经过几个弯道,车子在一幢大平房前面停了下来,这里就是他家的养鸡场了。走进屋内,看到两位老人正忙着从传输带上取下鸡蛋,然后装进纸箱内。这两位老人就是小伙子的父亲和母亲。两位老人见了我们,忙停下工作,热情地同我们打招呼。通过交谈,我们了解到,他们喂养的鸡,是从种鸡场购进的,鸡病的防治工作由种鸡场负责。鸡蛋和牛奶,由经销商上门收购,形成了产供销一条龙,既节省了劳力,又提高了劳动效率。这一农户的生产管理经验,很值得我们学习和借鉴。

别出心裁的乞讨者

我们在世界著名水城威尼斯和法国首都巴黎参观访问时,在街头看到了几个奇特的乞讨者。他们身材高大瘦长,全身用白布包裹起来,只有脸部露在外面,且脸上也涂些金黄色的颜料。他们笔直地站在那里,一只手臂向前平伸,也不说话,好像机器人一样。

乍一看,还以为是模特儿或宣传推销商品的人。

但仔细一看,发现他们身旁的地上放着一只小碗,碗里存放着一些零散的货币。从他们面前经过的游人,有的向碗里投放了几枚货币。这时,"机器人"便机械地把身子弯一下,表示感谢。至此,我们才弄明白"机器人"的庐山真面目。

我们在国内随处见到的乞丐,大都是衣衫褴褛、蓬头垢面的模样,而且不少乞丐都是拦着行人强讨硬要,令人讨厌。西欧国家这种别出心裁经过包装的乞丐,比较文明一些。他们采取这种"苦肉计"的方法,以引起人们的注意和同情,使一些好心人心甘情愿地拿出钞票来。

我不知道这种乞讨者的真实情况,是否真的穷困潦倒、流落街头,或者是故意施展的一种骗术;也不知道他们采取这种方法,一天能搞到多少钱,但我相信,采用这种乞讨方法的人一定是出于生活无奈才不得不这样做的。西方一些国家不是口口声声叫嚷着要保护人权吗?它们大肆攻击中国和一些发展中国家侵犯人权,从这种别出心裁的乞讨上,不难看出它们对待人权问题的影子。

不文明的乱写乱画现象

在意大利的米兰、罗马等一些大城市的市区街道上，随处可见用各种涂料书写在墙壁或一些公共设施上的文字。因为不懂外语，不知道是何种文字，更不知道书写的内容是些什么。但看上去很不舒服，很不是滋味。多么漂亮的欧式建筑，多么雪白的墙壁，被涂上横七竖八、弯弯曲曲、并不美观的文字，犹如美丽姑娘的脸上被人抹上污垢一样。

我问过导游，这是些什么人干的，为什么市政当局不加以制止。导游告诉我，这是一些调皮的年轻人干的，市政当局虽加禁止，但屡禁不止。这些年轻人之所以要这样做，我以为，有的是为了取乐，觉得这样做好玩；有的是发泄自己对现实社会的不满；有的是精神空虚，生活感到无聊而为之；有的则认为这是他们的个人自由和权利。但不管出于何种原因，这些行为都是有损公共利益的不文明行为。看来，这种现象在号称现代文明的西方资本主义国家，也是难以根治的顽症。

维苏威火山和庞贝城

位于意大利南部的维苏威火山，是欧洲著名的一座活火山，海拔1277 米，自公元 79 年喷发以来，一直处于喷发和休眠的交替之中。

怀着好奇和探险的心理，在有关部门的安排下，我们乘车到达离火山口不太远的地方，然后徒步攀登。山路是火山喷发时形成的岩浆灰土路，很难行走。时值中午，烈日当头，又饥又渴，甚感疲劳。但为了一睹火山喷发口的真实面目，我们仍然兴致勃勃地登上了山顶。这个火山喷发口，看上去好像一个被人们开采过的大矿坑，外观呈锥体形，四周并不规则，均由岩浆灰土构成。在几处岩石缝中，见缕缕白烟冒出,据说这是活火山的标志。火山口四周用铁链围住,游人无法下到底部。这里毕竟是危险之地,不可久留,我留下了几张照片,在周围游览一下,就很快下山而去。

其实这山倒也很平静,除山的顶部寸草不生外,山下有茂密的森林,一种不知名的丛丛矮树,正盛开着黄色的小花。看着这春天一般的景色,我在车上情不自禁地说道:"火山也有野花香,采它几枝又何妨?"逗得大家一阵哄笑。

火山的山坡下,还可见到一幢幢外观漂亮的小别墅,看来还是有人住在这里。我想这些人的胆子也够大的了,真担心有一天这座火山再次喷发,他们能不能及时逃生。看了庞贝城遗址,我更加觉得我的这种担心并非多余。

庞贝城遗址位于维苏威火山附近。公元 79 年,维苏威火山喷发,把这座规模宏大、十分繁荣的城市毁于一旦。参观了这座城市的遗址,就可以想象到当年火山喷发时那种惊心动魄、令人不寒而栗的情景;也可以想象到,那铁水一样的岩浆滚滚而来、势不可挡,将整个庞贝城湮没时的凄凉悲惨的一幕。你看,那一具具姿态各异的被火山岩浆熔化成的石尸,仿佛那些死于非命的市民仍在做求生的呼喊;那一处处宏伟殿堂的废墟、一条条纵横交错的街道,述说着这座城市昔日的辉煌。在这里参观每一处遗址,你都会感到惊叹和遗憾,心情久久不能平静。变幻莫测的大自然啊,你既将良好的生存环境恩赐给人类,又将各种灾害带给人类。人类就是在不断地同各种自然灾害的斗争中求生存求发展的。也许有一天维苏威火山会在沉默平静中爆发,但愿庞贝城的人间悲剧再也不会重演。

本文载《安徽法学》2000 年第 5 期

东南亚三国访问记

今年年初,我有机会随同全国人大内务司法委员会代表团访问了泰国、印度尼西亚和马来西亚三国。这三个国家都是中国的友好邻邦,代表团在访问期间,受到了热情友好的接待。泰国国会主席乌泰、印度尼西亚国会议长丹绒、马来西亚副议长林时清等分别会见了代表团全体成员。代表团先后与三国的有关机构人员进行了座谈和交流,就感兴趣的问题充分交换了意见。

这次访问达到了增进了解、加深友谊、促进中国与三国的议会之间加强交往的目的,取得了圆满成功。

泰马两国的法院

泰国属于大陆法系国家,其司法制度与法、德等欧洲国家相近,是以成文法作为法院判决的主要依据。泰国的法院设有宪法法院、普通法院、行政法院和军事法院。根据泰国宪法的规定,法官依照宪法和法律并以国王的名义独立行使审判权。

宪法法院的主要职能是:当一项法案已经国会通过,尚未呈送国王签署时,如果有部分国会议员认为该法案违宪,可由议长提交宪法法院裁决。另外,如果首相认为该法案违宪,也可由首相提交宪法法院裁决。法院应当做出该法案是否违宪的裁定。

普通法院分为最高法院、上诉法院和初审法院三级,主要职能是审理不属于宪法法院、行政法院和军事法院审理的所有案件。普通法院系统设有司法委员会,由最高法院院长任主席,成员由经选举产生的 12 名法官(每级 4 名)和 2 名由议会上院从未曾在法院任职者中选举出的杰出人士组成,主要负责各级法院法官的任免、晋升、加薪和惩戒等事项。

行政法院的主要职能是审理国家机关、国有企业、地方政府之间的诉讼;国家工作人员与平民之间的诉讼;国家工作人员与国家机关、国有企业、地方政府之间的诉讼;因国家机关、国有企业、地方政府未履行其法定职责而引发的诉讼等。行政法院系统也设有司法委员会,负责行政法官的任免、晋升、加薪和惩戒等事项。司法委员会由最高行政法院院长任主席,成员包括 9 名由全体行政法院法官选举产生的行政法院的法官、2 名由国会上院选举产生的杰出人士和 1 名由内阁选举产生的杰出人士。

军事法院的主要职责是审理军事系统的案件和法律规定的其他案件。

马来西亚属于英美法系国家,其司法制度与英国相近,即以判例作为法院审判的主要依据。马来西亚的法院分为低级法院、高级法院、上诉法院和最高法院。低级法院又包括治安法院和民事法院。高级法院设有两个,一个管辖马来亚半岛,另一个管辖沙巴和沙捞越两个州。法官由国王根据总理咨询王公会议后所提建议而任命,其退休年龄为 65 岁。最高法院通常由 3 名法官组成合议庭审理案件,如涉及宪法解释等重大问题,则由院长主持一个由 5 至 7 名法官组成的合议庭审理。其他法院可由 1 名法官审理案件。上级法院的判例对本级和下级法院具有约束力,最高法院的判例对各级法院均具有约束力。

夜游湄南河

泰国首都曼谷是一座历史文化悠久、风景秀丽的古都,是世界著名的米市。湄南河由北向南从市区穿流入海,使这座城市更加美丽,更加具有活力。

1月10日晚,泰国下议院司法人权委员会主席他万神能和秘书长皮林等,陪同我们夜游湄南河。他万神能主席属于泰国的在野党,年纪在40岁左右,中等身材,棕紫色皮肤,说话声音低沉,他对代表团十分友好。皮林秘书长年纪比他万神能稍大,皮肤较白,比较幽默,对我们很友好。代表团在泰国访问期间,都由他们亲自陪同。晚上7时许,我们从位于河边的香格里拉饭店登上游船。此时,河两岸建筑物和观赏树木的灯已亮,河道上游的船南来北往,热闹非凡。我们在船上一边用餐,一边目不暇接地欣赏两岸夜景,心情格外舒畅。

湄南河两岸一幢幢现代化的高层建筑,造型美观,各具特色;一座座飞檐尖顶的寺庙,在灯光映照下,更加金碧辉煌,光彩夺目;多座横跨两岸、新颖别致的大桥,在各色彩灯的映照下,独如飞虹一般美丽壮观。特别是一座现代的斜拉桥,十分引人注目。这座桥宏伟壮观,桥柱顶端装有火炬形的灯,在夜空中闪闪发亮。游船经过的地方,还可以观赏两岸的园林景色,由于树木都有灯光点缀,十分好看。我们乘坐的游船,在河道上来回走了两个多小时才返回码头,我怀着恋恋不舍的心情告别了湄南河。

吉隆坡印象

人们都说新加坡是一座花园式的城市。我没有去过新加坡,因此不了解那里的情况。这次我们到了马来西亚首都吉隆坡,这座城市给我留下了深刻而美好的印象。它有很多造型美观、各具特色的现代化高层建筑，有整洁宽阔的街道，有随处可见的园林公园和大面积的森林、草地，是名副其实的"城在园中，园在城中"、生态环境好、空气新鲜、花园式的城市。我们参观了位于市郊的一座大清真寺和总理府办公大楼前面的广场。这两处的园林绿化都搞得很好，令人赞叹不已。两处广场都很壮观，四周种有树木和花草，是休闲游览的好地方。看了吉隆坡的城市建筑和园林绿化，不禁想到我们国家一些城市的建设和园林绿化工作，同吉隆坡的差距很大：建房没有规划，随意性很大，或者虽有规划却不按规划执行，房屋盖得密密麻麻、见缝插针，绿化面积小得可怜，市区居民休闲游乐的地方很少。吉隆坡的经验做法很值得我们学习借鉴。

大爆炸后的巴厘岛

巴厘岛位于印度尼西亚爪哇岛的东南端，面积5000多平方千米，是世界上著名的旅游胜地之一。岛上90％以上的居民信奉印度教，约10％的居民信奉伊斯兰教。美国"9·11"恐怖事件发生后一个月，这里发生了又一起恐怖分子制造的大爆炸事件，共造成202人死亡，330多人受伤，被称为亚洲的"9·11"。到目前为止，已有33名涉案者被关押。我们参观了爆炸现场，那里原是一家位于闹市区的夜总会，当时里面有不少来自澳大利亚的游客，恐怖分子想要炸美国人，结果把澳大利亚人当成美国人炸了。现在这里仍是一片废墟，在残留的半堵墙壁上，还能见到色彩斑驳的绘画。这家夜总会的对面，也有一幢楼房被炸毁，不知当时是否有人伤亡。现在这里成了巴厘岛上新的参观点，凡来巴厘岛的人，都要到这里看看。我想人们来这里看了之后，心情一定很沉重，必将激起对恐怖行为的痛恨。

巴厘岛上的居民受印度宗教文化的影响较大，家家都建有大小不一的神庙。乡村也建有神庙。就连一些商店、酒店门前也建有神庙。神庙有的供有神像,有的没有供奉神像。建有神像的,神像身上都用布料裹起来,意为给神像穿衣服。神像前要堆放一些供品。没有神像的神庙,也要堆放一些供品。

据陪同我们的导游介绍,巴厘岛上的居民重男轻女、男尊女卑的思想比较严重。重活脏活都由女性来做,男性只干一些轻活,甚至什么活都不干,成天游手好闲。丈夫可以讨几个老婆,而丈夫死后,妻子却要守寡。这种风俗习惯从古一直延续到现在。我听了导游的介绍后感到很惊讶,怀疑她言过其实,故意夸张。于是,我注意观察街上的行人和商店,发现干重活的男人比女人多。但农村的情况如何,不得而知了。而我相信,时代在前进,社会在进步,导游所说的情况如果属实,总有一天会改变的。

巴厘岛是个很神秘、很奇特的地方。这里的黄牛也同别的地方的黄牛不同。这里的黄牛的四条腿的腿关节以下的毛是白色的,四个蹄子和牛屁股上的毛也是白色的,故被戏称为"牛穿袜子系尿布"。巴厘岛人是不吃牛肉的,养牛用作田间劳动。导游还告诉我们,岛上的公共汽车行驶时从来不关车门,人们乘坐公共汽车都是跳上跳下,本事很大。我问她,如果有人摔死摔伤了怎么办?司机不是有责任吗?她说,司机不负责任。导游还告诉我们一个趣闻:岛上有关部门曾组织一些学生到北京观光旅游,他们看到北京的公共汽车都是关着车门的,感到很奇怪,对无人售票车也觉得新鲜。他们说,要是我们那里的汽车没人卖票就好了,我们上车可以不用买票了。巴厘岛上有一条繁华的商业街,卖服装、小工艺品的摊点很多。导游说,这条街上有一个地方是小偷卖东西的集中点,东西卖得很便宜,都是偷来的物品。我们经过这里时,看到一些人手里拿着物品在叫卖,但我们没敢在这里停留。令人费解的是,为什么有关部门不管不问?

巴厘岛大爆炸事件发生后,来这里的游客大大减少,特别是西方国家的游客来得更少了。这使巴厘岛的经济发展和财政收入受到很大影响。巴厘省议会的议长告诉我们,西方一些国家的领导人,口头上也说要给予巴厘岛更多的关注和支持,但又不让本国公民前来旅游,而中国的游客却有增无减。他说,这次爆炸事件只不过是一次突发性事件,没有那么可怕;事件发生后,地方当局加强了治安防范工作,增加了警力,1 名警察平均负责 312 人,而雅加达的 1 名警察却要负责 500 余人。他希望我们回国后替他们做些宣传工作,多介绍一些游客前来。

本文载《安徽法学》2003 年第 4 期

回忆陈毅同志的一次报告

在我的一生中,听过无数次大大小小的报告,有专家名人的,也有领导干部的。然而,随着岁月的流逝,许多报告的报告人和报告内容渐渐忘却了;但有一次报告使我终生难忘,记忆犹新。

那是三十七年前的 1961 年 8 月 10 日下午 3 时,首都高等学校应届毕业生在人民大会堂听陈毅同志的报告。他报告的题目是《关于红与专及思想改造和思想批判问题》。我当时作为北京政法学院的应届毕业生,荣幸地听了这次报告。听这次报告的还有首都应届中专毕业生两万余人。报告会由时任北京市委书记、市长彭真同志主持。陈毅同志首先向我们讲述了当前的国际国内形势,介绍了我国外交战线上所取得的辉煌成就。他着重讲述了周恩来总理和我国代表团在日内瓦会议上如何坚持原则、善于运用斗争策略同以美国为首的一些西方国家进行有理有利有节的斗争,从而得到了世界爱好和平国家的广泛同情和支持,捍卫了我国的主权和民族尊严。接着就把话题转到了首都高等学校的教学质量问题上。他严肃地指出,当前首都高校普遍存在着忽视专业课的学习问题。他严厉地批评了外交学院不重视外语课的教学,应届毕业生中外语成绩普遍不及格。他要求,凡是外语成绩不及格的学生,一律不准毕业,要继续留校学习。他强调要正确处理好"红"与"专"的关系,使学生真正达到"又红又专"。他举例说,一个飞机驾驶员,如果只"红"不"专",驾驶飞机的技术不好,一旦飞机上了天,也会摔了下来;而如果只"专"不"红",就有可能把飞机开到台湾去。他还举例说,舞蹈学校的学生,就是要学会舞蹈,如果只讲

"红",只讲突出政治,而不会跳舞,那叫什么舞蹈学校?干脆叫政治学校好了。陈毅同志讲到这里十分动情,语调也加重了许多。陈毅同志指出,"从来没有空头的政治,政治都是通过业务来体现的","我们不能够拿参加政治活动多少来衡量一个人的'红'或'白'"。他接着又说,"今天我把各高校的校长、党委书记和教育部门的负责同志都请来了,就是要你们引起高度重视,处理好'红'与'专'、'政治'和'业务'的关系问题"。

陈毅同志的报告深受同学们的欢迎,不断地为热烈掌声所打断。他的话,句句讲到了我们的心坎里。我们长期埋藏在心中想讲而不敢讲的话,陈老总都讲出来了。他对情况了解得如此深透,实在令人钦佩。他这种敢讲真话、实话的大无畏精神,是十分可贵的,我从内心佩服陈老总的胆量和远见卓识。

正如陈毅同志报告中指出的那样,当时首都高校确实存在着重政治轻业务、教育质量不高的问题。我就读的北京政法学院就是一个例子。学院领导经常强调:政法学院是党校性质的学校,培养的学生首先要"红",专业课少学一些关系不大,以后在工作岗位上还可以学。在这种错误的办学思想指导下,组织安排学生参加政治运动和劳动锻炼的时间所占比重过大,而专业课的学习时间少得可怜。我们这一届毕业生,一踏进学院大门,就赶上了反右派斗争,每天参加批斗会或学习讨论,几乎不上课。后来又参加修建十三陵水库劳动、大炼钢铁、教育革命、帮助人民公社深翻土地以及反右倾运动等等。由于学生参加政治运动和劳动锻炼的时间过多,许多专业课无法正常开设。学校干脆把一些必修的专业课统统取消,而用一门"政策法律课"来代替,还美其名曰"教学改革"。当时,学校的学习气氛很不好,一些知名的教授,如严景耀、曾炳钧等都被看成是资产阶级知识分子而靠边站;一些热爱学习的同学,也被视为不问政治、走"白专"道路,甚至受到歧视和打击。我当时在班里任班长,因经常喜欢去阅览室看书学习,差一点儿也被戴上走"白专"道路的帽子。在这种情况下,学生们能够学到多少专业知识就可想而知了。可是谁又敢对此提出批评和异议呢?现在,陈老总说出了我们的心里话,一针见血地指出了首都高校所存在的问题,实在令人高兴和快慰。

多年来我一直珍藏着听陈毅同志报告的入场券。这是一张 11 厘米×7 厘米见方的浅红色的入场券,上面印着:"北京市高等院校应届毕业生报告会/报告人:陈毅同志/时间:1961 年 8 月 10 日(星期四)下午 3 时/地点:人民大会堂三楼/中共北京市委办公厅发"。每当看到这张珍贵的报告会入场券,我的心情久久不能平静,眼前又浮现出陈毅同志做报告时的情景:他那雄伟健壮的英姿,他那慷慨激昂的四川话音,使我倍感亲切,仿佛我正坐在庄严的人民大会堂内,聆听着陈毅同志的教诲,沉浸在无比幸福之中……

本文载《人民民主报》1999 年 3 月 19 日

佘祥林"杀妻案"检讨

最近,新闻媒体连续报道了湖北省京山县发生的一起冤案,引起了社会各界的广泛关注。

京山县雁门口镇人佘祥林 11 年前以犯故意杀人罪被当地法院判处有期徒刑 15 年,公、检、法三机关在办案中均认定被害人是他的妻子张在玉。当地法院曾判处佘祥林死刑,湖北省高级人民法院复核时,认为事实不清,证据不足,疑点很多,遂发回一审法院重审,当地法院最终判处佘祥林有期徒刑 15 年。

佘祥林在狱中度过了漫长的 11 年。今年 3 月,他的妻子张在玉却从外地回到家中,由此证明所谓佘祥林"杀妻案"完全是一起冤案。

这起离奇的冤案虽然有主客观等多方面原因,但只要办案人员坚持"以事实为根据,以法律为准绳"的原则,做到严格依法办事,是完全可以避免的。这起冤案的发生有许多教训值得记取,也使人们感到我国司法体制改革十分必要,必须加快改革步伐。

一是当地司法机关的办案人员违背了"以事实为根据,以法律为准绳"的办案原则,导致了这一冤案的发生。佘祥林的妻子张在玉离家出走,下落不明,而恰巧在附近水塘发现了一具无名女尸,经张在玉的亲属辨认,无名女尸就是张在玉的尸体。公安侦查人员据此认定是佘祥林杀害了其妻张在玉。这具无名女尸到底是不是张在玉,由于尸体在水中浸泡变形,辨认是不准确的,应当对这一无名女尸进行 DNA 鉴定,对周围有无失踪妇女进行深入细致的调查。当地公安机关对女尸虽然也做了司法鉴定,但得出的结论却是:好像是张在玉的尸体。

这种模糊的结论居然也作为定案的依据。同时,对张在玉的失踪,也应考虑有无可能流落外地,应当进行认真查找而没有查找。对佘祥林有无作案时间,其作案动机、作案手段、作案工具等,亦未认真调查和分析。可见侦办此案件的公安侦查人员并非以事实为根据,而是先入为主,工作方法简单、草率,作风不深入细致,从而导致这起冤案的发生。

二是承办此案的侦查人员不文明办案、不严格执法,搞刑讯逼供,导致这起冤案的发生。一个没有杀人的无辜者被逮捕关押后,绝不会承认自己杀人,就是被迫承认自己杀了人,对作案经过、现场情况也不可能说得清。而佘祥林最终承认自己杀害了妻子,显然是在万般无奈的情况下被迫承认的。如果说的同现场情况一样,肯定是引供诱供的结果。佘祥林在出狱后指控了公安人员对他有刑讯逼供、引供诱供行为,这是可以想象到的。我国法律是严禁刑讯逼供的,强调重证据而不轻信口供。但凡搞刑讯逼供的案件,往往就会造成冤案、错案。这方面的情况有关部门应该彻底查清,并追究有关人员的责任。

三是检察机关的办案人员没有严格履行法律监督职责。检察机关作为国家法律监督机关,对公安机关的侦查活动和法院的审判活动有权实行法律监督。而当地检察机关的办案人员却没有认真履行职责,严格把好事实和证据关,虽然也发现了一些疑点,但强调配合,不仅批准了公安机关对佘祥林的逮捕,而且还提起了公诉;同时对公安机关侦查活动中的违法问题也未引起重视和进行查处。如果在检察环节上能够严格把关,这起冤案也就不会发生。

四是审判监督程序执行不严。湖北省高级人民法院在死刑复核时不同意一审法院判处佘祥林死刑,裁定撤销原判、发回重审,从而使佘祥林保住了性命,这是不幸之中的万幸。这说明湖北高院的审判人员把关还是严格的,他们具有较高的办案水平。但可惜的是,既然发现了此案的诸多疑点,认定佘祥林杀妻的事实不清、证据不足,在发回法院重审后,当地法院却判处佘祥林徒刑 15 年,对这种显然错误的判决应当跟踪监督,提审或指令下级法院再审。如果这样做,这起冤案也就能够得到及时纠正。这里也可以看出,当地法院对湖北高院的裁定并未引起高度重视。

五是辩护律师如果在侦查阶段介入此案,对佘祥林的申诉予以采信并做无罪辩护,对法院的公正判决会起到一定作用。

据报道,此案办理过程中,当地一些群众强烈要求尽快处决佘祥林,司法机关感到有压力。当地群众的心情是可以理解的,他们是由于不明真相,把那具无名女尸当成了张在玉,出于激愤才这样做的。司法机关办案绝不能受社会舆论所左右,只能"以事实为根据,以法律为准绳"。

最近,报刊还报道了河北一个 21 岁的农村青年聂树斌 1994 年被以强奸杀人罪判处死刑立即执行的冤案。聂树斌冤死了 10 多年,直到真凶于今年 1 月在河南省落网,案件才真相大白。如果佘祥林的妻子没有回来,如果强奸杀人的真正凶手没有落网或者没有交代这起强奸杀人案,那么佘祥林、聂树斌的冤案恐怕难以得到昭雪。类似这两起冤案的案件还有没有,很值得有关部门认真复查一下,但愿不要又有冤案出现。

这两起冤案的发生,不仅暴露了我国司法队伍中存在的少数人员素质低、执法水平不高等问题,还反映了我国司法体制上存在的一些弊端和不足。例如,如何尊重和切实保护犯罪嫌疑人的合法权益,杜绝刑讯逼供,落实"疑罪从无"原则;如何加强对侦查和审判活动的监督,强化制约机制;如何保证律师充分地行使辩护权,使犯罪嫌疑人的合法权益不受侵犯;如何加强政法队伍建设,提高政法人员素质、落实错案责任追究制;如何加强和改善党对政法工作的领导,加强人大的监督,保证司法机关依法独立行使职权,不搞什么案件协调;等等。这些都需要通过加快司法体制改革来解决,有的还要通过立法来规范。只有这样,才能防止和杜绝冤案、错案的发生。

读《诸葛亮传》有感

诸葛亮是三国时期的一位大政治家、军事家和战略家,是一个品德高尚的人。

近读《诸葛亮传》,深感他的许多品德行为,不仅在封建时代是难能可贵的,即使在今天也是值得称赞和学习的。

这里仅举两点为例:

一、严于律己,勇于自责,是身正的典范

公元 229 年,诸葛亮统率大军出祁山攻魏。他采取声东击西的战略战术,很快占领了魏国的南安、天水、安定三郡,关中震动。魏明帝不得不从洛阳亲赴长安坐镇指挥。他选派名将张郃前往迎战。

诸葛亮选用马谡为先锋守卫街亭。马谡是一个善于夸夸其谈,缺乏实战经验的人。他违反诸葛亮的决定,指挥失误,在街亭打了大败仗,致使诸葛亮已经取得的战果受到严重挫折,只好收兵回转汉中。诸葛亮为此十分痛心和恼怒。他悔恨不该错用马谡去把守街亭要地。他想到刘备生前曾告诫他:"马谡言过其实,不可大用。"他没有遵照刘备的忠告,而对马谡委以重任,以致带来严重损失。他一方面按军法斩了马谡;一方面又上疏后主刘禅,责备自己"不能训章明法,临事而惧,至有街亭违命之阙,箕谷不戒之失,咎皆在臣,授任无方。臣明不知人,恤事多暗,《春秋》责帅,臣职是当"。他求"自贬三等,以督厥咎"。其实街亭之失,并非诸葛亮的责任,他完全不必这样做。而诸葛亮却勇于承担责任,主动要求给予处分。由此可见,他的胸怀多么宽广,多么严于律己。他这样做,在人们心中的威信不是降低了,而是更加受到人们的尊敬和爱戴。三国时期的诸葛亮能够这样做,而我们今天有些人却不能做到。有的人对待自己的缺点错误,从不认真反省,总是认为自己一贯正确,缺乏自我批评的勇气。有的人工作上、生活上犯了错误,也不能承担责任,认真改正,而是掩盖错误,推脱责任。

开展批评与自我批评是我们党的优良传统和有力武器。在工作和生活中,我们应该运用好这个武器,勇于揭露和改正缺点和错误。

二、廉洁奉公,生活简朴

诸葛亮一生为蜀汉建立了丰功伟业,官居丞相之职,被封为武乡侯。但他并不居功骄傲,不贪图富贵荣华,而是鞠躬尽瘁,死而后已,生活很是简朴,不为自己增置私产。他曾上表汉后主刘禅:"成都有桑八百株,薄田十五顷,子弟衣食,自有余饶。至于臣在外任,无别调度,随身衣食,悉仰于官,不别治生,以长尺寸。若臣死之日,不使内有余帛,外有赢财,以负陛下。"诸葛亮死后,"遗命葬汉中定军山,因山为坟,冢足容棺,殓以时服,不须器物"。论其权势和地位,诸葛亮生前完全可以为自己的子孙留下很多家产,死后的葬礼也会十分隆重。但由于他对自己的要求比较严格,一切从简。他这种高风亮节、清正廉洁的品德,令人敬佩和感动。

由此使我联想到当今有些人的丑陋行为。有的人奢侈浪费十分严重,讲排场,图好看,花公家的钱大手大脚,从不考虑节约开支;有的人利用手中的权力,谋取私利,贪污受贿,腐化堕落,以致走上违法犯罪道路。因此,加强对有关人员,特别是党员领导干部艰苦朴素、遵规守法的教育必须常抓不懈。反腐败斗争一刻也不能放松。

诸葛亮的政治军事才能和聪明才智千古称颂。他的严于律己、克己奉公、生活简朴的高尚品质也值得我们学习和借鉴。当然由于历史的局限性,诸葛亮也不是完美无缺的圣人,但以上几点还是值得学习的。

我见到的史良

许多往事早已忘怀，然而有一件事虽已过多年，但仍记忆犹新。

那是 1957 年，我刚跨进北京政法学院（中国政法大学的前身）读书不久的事。

一天上午，我们上完了第二节课，正在校内做广播体操时，看见一辆黑色的小轿车缓缓驶进了校园，在学校办公楼前停了下来，从车上走下来一位四五十岁的女士。她衣着朴素，举止端庄，没有人陪同，径直向我们这边走来。她一声不响地站在正做广播体操的同学们的后面，也和大家一起做操。

当时同学们正在聚精会神地做操，没有注意到她。等到广播体操做完，就听见有的同学喊道："史良部长来了！"同学们便争先恐后地向史良部长拥去。史部长满脸笑容，亲切地和同学们交谈，问同学们的学习和生活情况。接着又问学校的图书馆在什么地方，她要去看看。我和其他同学便簇拥着她走进校图书馆。

到图书馆后，史良部长向图书管理人员详细询问了馆里藏书数量和学生借阅情况，还亲自到书库里面看了许久方才离开。这时上课时间到了，我们怀着依依不舍的心情离开了史部长，向教室走去。史部长什么时候离开学校的，我们就不知道了。但在这短短的接触中，她给我留下了深刻难忘的印象。我为能亲眼见到这位历史上赫赫有名的"七君子"之一史良部长而高兴。

还在中学读书时，"七君子事件"就给我留下深刻的印象。"七君子"那种坚持真理，不畏强暴，为国为民，不怕流血牺牲的大无畏革命精神和高尚品德,令人敬佩。今天我能荣幸地见到史良部长,并能同她进行交谈,机会难得,高兴万分。特别是她那种平易近人、和蔼可亲、朴素大方、没有官架子的良好形象,给我留下了美好而难忘的印象。

史良部长对我校的工作和建设十分关心,学校的教学大楼等建筑项目,就是在她亲自过问下得以建成的。我们尊敬她、感谢她,永远怀念她!

以史为鉴　温故知新

日本发动侵华战争,实行灭绝人性的"三光"政策,制造举世震惊的南京大屠杀惨案,进行"731"人体细菌试验等,犯下了一系列滔天罪行,充分暴露了日本侵略者的凶残、毒辣、惨无人道的豺狼面目。日本侵略者给中国人民造成的巨大伤痛和损失是难以弥补的。中国人民世世代代不会忘记这一惨痛的历史事实和血的教训。

我出生于日本侵略军大举进攻中国、窜犯大别山区的 1938 年 2 月。我刚来到世上就遭受到巨大灾难。当时我的父母从河南老家逃难到湖北罗田的一个小山村,而侵华的日军铁蹄也踏到了这里。为了躲避鬼子,父母同村里人白天藏到山洞里,因怕我啼哭被鬼子发现,只好把我藏在村里的稻草垛里,待天黑以后才把我抱出来喂奶。我五六岁时,又经历了一次逃难,老百姓称为"跑日本鬼子反"。那时正是寒冷的冬天,父亲挑着一副装着全家仅有的瓶瓶罐罐、被子等物品的担子,我们跟着步行,受冻挨饿,背井离乡。我祖父双眼失明,就是被日本人飞机炸的。日本帝国主义欠下中国人民的累累血债,真是罄竹难书。日本右翼势力妄图美化日本侵略中国的罪行,歪曲历史,不过是痴心妄想,中国人民坚决不答应。

中国各族人民在极其艰苦的条件下,同日本侵略者进行了殊死斗争,经过浴血奋战,终于取得了抗战的伟大胜利。事实证明:中华民族是不屈不挠的伟大民族,中国人民是勤劳、勇敢、不怕牺牲、英勇顽强的伟大人民,是任何侵略者无法战胜的。毛泽东同志指出,中华民族有同自己的敌人血战到底的气概,有在自力更生的基础上光复旧物的决心,有自立于世界民族之林的能力。历史雄辩地证明:民族精神的觉醒和凝聚,不仅是抗战的胜利之源,还是中华民族伟大复兴的力量之源。

中国共产党在抗日战争中发挥了中流砥柱的作用,她团结带领全国各族人民,万众一心,同仇敌忾,英勇顽强地打击了日本侵略者,用血肉筑成新的长城,保卫了祖国的大好河山。事实充分证明,没有中国共产党,就没有抗日战争的胜利,就没有新中国。在伟大的抗日战争中,许许多多优秀儿女为了中华民族的解放事业抛头颅、洒热血,我们要世世代代铭记先烈们的丰功伟绩,学习他们的忘我牺牲精神和崇高品德。

中国抗日战争是世界反法西斯战争的重要组成部分。中国抗日战争取得的伟大胜利,是对全世界反法西斯战争的巨大贡献。历史事实证明,正义一定会战胜邪恶,光明一定会战胜黑暗,全世界人民只要团结起来共同战斗,就一定能够战胜人类一切凶恶的敌人。

历史经验告诉我们:自尊必先自强,落后就要挨打。日本侵略者之所以敢于发动侵华战争,固然是由其侵略本质所决定的,但也由于当时中国正处于半封建半殖民社会,十分贫穷落后。据有关资料统计,1937 年全面抗战爆发前,日本工业产值为 60 亿美元,而中国只有 16 亿美元;日本年产钢 580 万吨,中国年产钢仅有 4 万吨,没有什么工业基础;在军事力量对比方面,双方悬殊,如日本海军吨位为 190 万吨,是中国的 20 至 30 倍,日本的作战飞机有 2700 架,而中国只有 300 多架。同时,中国当时蒋介石及中央政府采取"攘外必先安内"的方针,集中力量围剿共产党领导的工农红军和"苏区",对日本侵略东北实行不抵抗政策,致使日寇得以长驱直入,侵占中国广大国土。

当今世界,虽然和平发展是主流,但还很不安宁,国际上的敌对势力亡我之心不死,时刻都在伺机兴风作浪。特别是近一个时期,日本右翼势力抬头,军国主义阴魂不散,日本和某些西方国家大肆鼓吹"中国威胁论",其用心十分恶毒,对此,我们必须提高警惕,保持清醒头脑。我们要继续认真贯彻党中央提出的以经济建设为中心的方针,深化改革,扩大开放,加快发展,不断增强国家总体实力,努力实现我国的社会主义现代化宏伟目标,中华民族才能真正地自立于世界民族之林。当前,我们要以邓小平理论和"三个代表"重要思想为指导,深入开展保持共产党员先进性教育,紧密地团结在以胡锦涛同志为总书记的党中央周围,积极构建和谐社会,在强国富民中实现中华民族的伟大复兴。

2005 年 9 月 5 日

本文载《安徽省人大工作研究会文件资料汇编(2003.2—2008.1)》

没有共产党就没有我的今天

——在纪念中国共产党成立 90 周年座谈会上的发言

中国共产党成立 90 周年的大喜日子即将来到。

在我们党漫长的发展过程中,每一个阶段都经历了许多考验和挑战,战胜了许多艰难险阻,前赴后继,勇往直前,从胜利走向新的胜利。

中国共产党 90 年走过的历程,是波澜壮阔、壮丽辉煌的历程。

90 年的伟大历程向世人昭示:没有共产党就没有新中国,只有共产党才能救中国,才能带领人民实现独立、解放、幸福和富强,实现中华民族的伟大复兴。

在纪念中国共产党成立 90 周年之际,我心潮澎湃,久久不能平静,往事历历在目。

我是生在黑暗的旧社会长在光辉的红旗下的,是在党的教育培养下成长起来的。我出生在一个贫穷的小市民家庭,解放前,我们家生活十分贫困,经常是忍饥挨饿,无米下锅。我的父亲以贩卖蔬菜、水果为业,本小利微,很难维持一家人的生活。他曾经被国民党警察殴打过,还被国民党军队抓去修过工事。我的母亲为生活所迫,忍痛断掉正在哺乳期的妹妹的奶水,去给一户地主家当奶妈,后因乳房受到病毒感染,严重溃烂,回家卧床不起,经当地一位中医治疗才逐步好转。我的祖父是一个双眼失明的残疾人,他的眼睛是被日本鬼子的飞机轰炸县城时致残的,丧失了劳动能力。在家里最困难时,他曾让我牵着他上街乞讨。我是在日本侵略军大举进攻中国的 1938 年 2 月出生的,吃尽了战乱的苦头。在善良的瓦匠师傅的帮助下,才免费上了一所私立小学。但因是免费上学,老师有时无故找碴儿打骂、惩罚我,因此不得不辍学在家。我小时候由于经常忍饥挨饿,营养不良,体质虚弱,经常生病,有几次病情很重,又无钱医治,差点离开人世。

1949年商城解放后,我免费上了县第二完小。学校教师和蔼可亲,对我十分关爱,我被选为班长,加入了中国少年先锋队并担任了中队长(全校是一个中队)。

小学毕业后,我又考上了县城一中,仍被选为班长,加入了共青团(当时叫新民主主义青年团),还被评为全校模范学生,受到物质奖励,在校期间学费、书本费全免。

1954年,我初中毕业后,又考入了潢川高中,在学校享受甲等助学金,并免收学费和书本费。1955年,我加入了中国共产党,并担任了团支部书记。

1957年,我高中毕业后又考上了北京政法学院,潢川高中为我提供了前往北京的路费。在北京政法学院,我享受了甲等助学金,生活费有了保障。我还被选为班长,党支部成员。在校期间,我经受了一系列政治运动的考验和劳动锻炼,丰富了社会阅历,为走向工作岗位打下了良好基础。

1961年,我大学毕业后,被分配到安徽省公安厅工作,"文革大革命"后期下放到蒙城农村劳动锻炼,几年后被调回合肥工作,先后在省行管局、稻香楼宾馆、省政府办公厅、省人民检察院以及省人大常委会任职,组织上还安排我担任了有关领导职务,最高人民检察院授予我一级高级检察官职称。

2003年,我从工作岗位上退休。

回顾我的人生经历,完全是在党的培养教育下成长起来的,是党把我这个生不逢时的苦孩子救出了痛苦的深渊;是党把我从小学一直培养到大学毕业;是党把我安排到国家机关工作,并担任重要职务;是党让我经受许许多多考验和锻炼,政治思想不断进步和提高。总之,没有中国共产党就没有我的今天，没有我的幸福家庭。党的恩情比山高，比海深，我永远不会忘记。

我们党领导中国人民经过长期艰苦卓绝的斗争，推翻了压在人民头上的三座大山，使中国人民从此站了起来，过上了幸福生活。无数革命先烈和老一辈无产阶级革命家，为了中国人民的解放事业，不屈不挠，英勇斗争，前赴后继，抛头颅洒热血，敢教日月换新天，他们的丰功伟绩将万世流芳。

改革开放以来，我国的经济迅速发展，我国成为世界第二大经济体，人民生活不断改善，我国的国际地位空前提高，神州大地到处生机勃勃，发生了翻天覆地的变化。实践证明，我们党坚持的路线、方针、政策是完全正确的，中国特色社会主义道路完全符合中国国情，是一条马克思主义基本原理同中国具体实际相结合的成功之路，是实现中华民族伟大复兴的必由之路。

我们党90年来也经历过挫折失败，也走过不少弯路，但总是自强不息、与时俱进，带领中国人民从胜利走向胜利，因为我们党充满生机和活力，具有凝聚力和感召力，能够在各种复杂的环境中生存和发展。90年的光辉历程证明，我们党不愧是伟大、光荣、正确的党，我们为此感到骄傲和自豪。

我现在虽然已经从工作岗位上退职休息，而且已到古稀之年，但我忠于党，永远跟党走的一颗红心永远不会改变。我要在有生之年保持好晚节，时刻不忘自己是一名共产党员，必须严格按照共产党员的标准要求自己，牢记党的宗旨，坚定理想信念，关心群众利益，继续为党为人民做一些力所能及的工作，以实际行动纪念党的90华诞，报答党的恩情。

为纪念党的生日，我写一首诗——《党是穷人大救星》：

　　茫茫黑夜苦难深，

党是穷人大救星。

三座大山被推翻，

人民当家做主人。

改革开放春风吹，

神州山河处处新。

中华复兴不是梦，

巨龙腾飞举世惊。

2011 年 6 月

本文载《安徽省人大工作研究会文件资料汇编(2009.2—2013.3)》

六十年代我给毛主席写的一封信

最近,我学习了《习近平谈治国理政》一书,感到十分亲切,很受教育。书中习总书记反复强调"要全心全意为人民服务","要始终与人民心心相印,与人民同甘共苦","党的一切工作必须以人民根本利益为最高标准","为'官'一任,就要造福一方,要常怀忧患之思,常念人民之托"等等,给我留下了深刻印象。习总书记心里装着人民,时刻想着人民,在他任福建省领导时,曾经把一位身患重病的农民接到福建治疗,自己为他支付全部费用。他的这些讲话和做法,也正是一贯坚持党的群众路线和以人为本的方针的具体体现和要求,值得我们认真学习和领会。

然而,近些年来,在一些干部中存在着官僚主义、享乐主义、脱离群众、搞形式主义,不深入群众,不关心群众生活,甚至严重侵犯和损害群众利益的问题有增无减;强制拆迁引发的群体性事件、天津港爆炸、深圳堆土滑塌等事故不断发生;一些高官贪污受贿数额惊人;等等。这些都引起了群众的强烈不满。

以习近平为总书记的党中央审时度势,在全党及时开展了党的群众路线教育和"两学一做"学习教育,坚持全面从严治党,加强党风廉政建设和反腐败工作,很有针对性和必要性。对改进干部作风、增强群众观念、密切干群关系和克服"四风"具有重要意义,收到了明显效果,深得广大群众的欢迎和好评。

这里,我不禁想起 20 世纪 60 年代曾经发生的震惊全国的"信阳事件"。

1959 年 10 月至 1960 年 4 月,当时的河南省委负责人在全省开展"反右倾"和"反瞒产"运动,造成一些基层干部虚报浮夸之风盛行,作风粗暴野蛮。他们打着"反瞒产"的旗号,不从实际情况出发,硬是把农民的口粮、喂牲口的饲料都强行收购去了,结果造成大量农民无粮可食。我的家乡河南省商城县情况也同样严重。当时我正在北京政法学院(中国政法大学的前身)读书,知道的情况不是很多。1960 年 5 月,商城县城附近的一座名为铁佛寺的水库大坝被洪水冲垮,县城一些主要街道被淹没。我的父母不幸遇难。我闻讯含着悲痛回家为父母料理丧事。回去后,我亲眼看到和亲耳听说当地一些基层干部违法乱纪、侵害群众利益的事,心中十分难过和气愤。

回到北京后,我彻夜难眠,经过反复考虑和思想斗争,冒着风险,给毛泽东主席写了一封信,反映我家乡基层干部存在的违法乱纪、不关心群众生活以及发生的一些重大事件。

几十年过去了,今天看来我当时这样做还是对的,尽到了一名共产党员应尽的责任。

"信阳事件"在毛泽东主席和党中央的高度重视下,最终得到了彻底解决,但付出的代价是沉重的,也是难以挽回的,这一沉痛教训应当永远汲取。现将我写的信全文抄录如下:

敬爱的毛主席:

我是北京政法学院三年级学生,一个普通的共产党员。我写这封信时,心情是十分沉痛的。因为今天正是我的父母以及商城遇难人去世后的一个月的一天。

商城在 5 月 18 日 3 时左右,不幸发生了水库决堤事件,人民的生命财产遭到了十分巨大的损失。这次事件的发生,我认为县领导负有严重责任。第一,铁佛寺水库工程只完成了三分之一,大坝是流沙堆成的,没有经过加高加固就蓄了水,山洪暴发冲毁该坝的可能性很大。这能够说县领导对水库附近两万人的生命财产是负责的吗？第二,17号夜晚商城城内下了大雨,水库上游金刚台上下了暴雨,山洪暴发,水库大坝十分危险。县领导事前没有让群众做好防洪的精神上和物质上的准备(水库决堤时百分之八九十的人都在睡觉,淹死的人很多是光着身子的),堤坝眼看快要崩溃,还是只顾动员人力堵堤(据商城一中校长说,他们学校接到让他们堵堤的电话约一个钟头后,堤就决了口,那时他们还没有走出城去),并没有在堵堤的同时马上通知群众立即转移。

说到这件事,我还不得不提提另外两件事。那两件事都是深入人心的。一件事是商城制硝厂失火,没有及时搭救,活活烧死了几十个年轻工人,这事发生在1958年8、9月间;另一件事是,去冬今春以来,商城浮肿病流行很厉害,以农村为最多。因患此病而死亡的人很多,到现在还有相当一部分正在医院集中治疗。患此病的,据医生诊断,多系营养不足。这是有原因的:去冬今春以来,商城农村有些地方的粮食确实不够吃,吃野菜、树叶的较多。

以上三件事都是近两年内发生的,而且都发生在商城,这就使人不免要提出这样的问题:商城领导是否做到了十分关心群众的疾苦呢,关心得怎样呢?

敬爱的毛主席,您和党中央以及各级党委,对群众的生活向来是无微不至地关怀的。早在1934年1月,您在江西瑞金召开的第二次全国工农代表大会上所做的结论中就指出:"我们应该深刻地注意群众生活的问题,从土地、劳动问题,到柴米油盐问题,妇女群众要学习犁耙,找什么人去教她们呢? 小孩子要求读书,小学办起了没有呢? 对面的木桥太小会跌倒行人,要不要修理一下呢? 许多人生疮害病,想个什么办法呢? 一切这些群众生活上的问题,都应该把它提到自己的议事日程上。"还有很多地方都谈得这样细致动人,我不再一一引证了。每当我读到这些地方的时候,我就感动万分,心情不能平静,我感想万千。我想,一个伟大的领袖,重大的国事就够忙的了,哪有时间来考虑这些群众的日常生活中的具体问题!我的眼前仿佛出现一个仁慈的父亲,他站在千百万群众之中,一一地教导他们应该怎样生活,一一地替他们解决各种生活上的困难。想到这里,自己也感到万分惭愧,我,一个共产党员,一个党员学生干部,并没有像您教导的那样去关心周围的群众。我默默下定决心:今后一定听主席的话,按照主席的教导去关心周围的群众。

敬爱的毛主席,在党中央和您的教导下,各级领导同志绝大多数都做到了吃苦在前享乐在后,无时无刻不在关心群众的疾苦。但也有极少数同志在这方面是做得不够的。我认为商城的领导同志就没有能够像您教导的那样去做。如果真的按照您和各级党委的指示认真做了,水库决堤绝不会造成那么大的损失,绝不会待浮肿病流行很厉害了才给予集中治疗,绝不会使数十个工人因无人搭救而被活活烧死。

我说商城的领导同志如何如何,并不是说我们县所有的领导干部都是官僚主义,根本不关心群众的疾苦,多数领导干部还是勤勤恳恳一心一意为群众着想的。如这次事件发生后,县各级领导在省、地委的直接领导下,对灾民的生活都给予了妥善的安排。但在某些领导干部中,官僚主义作风、不关心群众生活的现象确是严重的。我写这封信的目的,不是要求惩办一些人,而是希望能够使我们的县领导真正从这次事件中吸取血的教训,以便今后更好地按照您和党中央的指示,认真地关心群众生活,把坏事变成好事。

我的意见也许不对,请您批评教导。

此致

最高敬礼

北京政法学院学生陈绪德

1960 年 6 月 18 日

　　我写给毛主席的信发出后,并没有告诉任何人,但一位学生干部私下问我:"你竟然敢给毛主席写信?"说明毛主席或者说中央有关部门收到了这封信并到学校对我进行了调查。当时因极"左"路线、严重官僚主义,在全国范围内尤其是河南省、安徽省等省份导致的悲剧,引起了党中央、国务院的高度重视,为此,中央采取了措施,对信阳地区直接责任人给予党纪政纪处理。

　　往事不堪回首,但沉痛的历史教训我们应当永远铭记。信阳事件及极"左"路线都是"人治"的产物,愿我们在以习近平为总书记的党中央坚强领导下,奋力推进"四个全面"战略布局,为早日建成社会主义法治国家而奋斗,坚决避免历史悲剧重演!

本文载《安徽法学》2016 年第 2 期

píng lùn piān

评论篇

改进和加强检察机关思想政治工作

《中共中央关于加强社会主义精神文明建设若干重要问题的决议》中指出："思想政治工作是我们党的优良传统和政治优势,是精神文明建设一项基础性工作和搞好两个文明建设的基本保证,在新形势下只能加强,不能削弱。"这充分说明党中央对新时期加强思想政治工作的高度重视。

检察机关是国家的法律监督机关,在维护社会安定和政治稳定、加强民主和法制建设、搞好两个文明建设中,发挥着越来越重要的作用。检察机关要完成好各项艰巨和繁重的工作任务,必须建设一支忠诚可靠、业务精通、纪律严明、作风过硬、秉公执法的高素质的检察队伍。而要建设一支高素质的检察队伍,就必须加强和改进思想政治工作。没有坚强有力的思想政治工作,不可能有好的领导班子、好的检察队伍。

邓小平同志曾告诫全党:"我们一定要把思想政治工作放在非常重要的地位,切实认真做好,不能放松。这项工作,各级党委要做,各级领导干部要做,每个党员都要做。"从我省检察机关的情况看,绝大多数检察机关和检察长对思想政治工作是比较重视的,健全了政工机构,配备了政工人员,把思想政治工作摆上了重要位置。这几年,不少检察院被上级检察机关评选为模范检察院或先进集体,被当地党政机关评选为文明单位;一大批检察干警受到当地党政领导和上级检察机关的表彰,立功受奖的干警人数逐年增多。同时,这几年检察机关的工作也不断取得了新的成绩,上了新的台阶,得到了当地党委、人大的充分肯定和社会的好评。这些成绩的取得,同各级检察机关加强了思想政治工作是分不开的。但是,当前极少数检察机关和检察长忽视思想政治工作的情况仍然存在,有的只重视抓业务工作,不重视抓思想政治工作,"一手硬,一手软"的问题没有真正解决;有的说起来重要,但没有把思想政治工作真正摆上应有的位置。由于思想政治工作薄弱,这些单位讲学习、讲政治、讲正气的风气不浓,少数干警纪律松弛、作风拖拉、工作效率不高的问题突出;领导班子精神状态不佳,凝聚力、战斗力不强,缺乏开拓进取精神,工作打不开局面;极少数干警经不起改革开放、发展经济的考验和金钱物质的诱惑,违反纪律现象时有发生,有的甚至以案谋私、索贿受贿、贪赃枉法,走上了犯罪的道路。对此,我们必须高度重视。加强思想政治工作是搞好各项检察工作的前提和保证,任何忽视、削弱思想政治工作的观念和做法都是错误的,也是有害的。

当前,检察机关的思想政治工作面临着许多新情况、新问题,我们要积极探索和注意总结思想政治工作的新方法和新经验,拓宽和充实思想政治工作的内容,不断改进思想政治工作的方式方法,增强思想政治工作的针对性和实效性。

一、思想政治工作应当贯彻民主原则和正面引导方针,把尊重人、理解人、关心人,帮助解决干警工作和生活中的实际困难和问题作为思想政治工作的重要内容;要把灌输引导同自我教育结合起来,防止思想政治工作的"空对空""两张皮"。

二、要紧紧围绕党和国家的工作大局和检察工作的任务来开展思想政治工作。加强对干警进行马列主义、毛泽东思想和邓小平建设中国特色社会主义理论的教育以及爱国主义、集体主义、社会主义教育和艰苦创业精神的教育,解决好理想、信念和世界观问题。要引导和教育干警热爱检察事业,做好本职工作,努力完成各项工作,教育干警认真贯彻"严格执法,狠抓办案"的工作方针,增强法制观念,提高执法水平;要加强职业道德、职业纪律教育,教育干警做到廉洁奉公,不以权谋私、以案谋私。对干警中出现的问题,特别是苗头性、倾向性的问题,检察长要敢抓敢管,及时发现和纠正。对违法乱纪者,要坚决查处,决不能包庇护短。同时要大力宣传表彰先进集体和先进模范人物,以弘扬正气,激励干警奋发向上,为检察事业做出积极贡献。

三、各级检察长不仅要解决好对思想政治工作重要意义的认识,更重要的是要身体力行,做出表率,处处事事都要起模范带头作用;不仅自己带头做思想政治工作,而且要求领导班子成员、中层干部和所有党员都要做思想政治工作,形成齐抓共管的局面。只有这样,才能使思想政治工作落到实处,取得成效。

本文载《安徽日报》1997 年 3 月 6 日

评论篇

"严打"整治斗争必须坚持从重从快方针

目前,正在全国各地轰轰烈烈开展的"严打"整治斗争,是继 1983 年和 1996 年两次"严打"斗争之后,又一次声势浩大的"严打"斗争。

社会治安问题,是直接关系人民群众的根本利益和国家的长治久安,关系改革开放和经济发展能否顺利进行的重大政治问题。

党中央、国务院根据当前社会治安状况和广大人民群众的迫切愿望,审时度势,及时做出开展"严打"整治斗争的决定,深得广大人民群众的拥护和欢迎。前两次"严打"斗争都取得了明显成效,战果辉煌,社会治安状况有了很大好转,群众的安全感大大增强,为改革开放和经济发展创造了良好的社会环境。

这次"严打"整治斗争,是根据当前社会治安出现的新情况、新问题做出的重大部署。随着我国各项改革的不断深化、对外开放的继续扩大,社会治安也面临着严峻形势。2000 年,全国公安机关立案侦查的刑事案件总数比 1999 年增长 50%,尤其是危害社会治安的重大刑事案件增长的比例较大。爆炸、杀人、抢劫、绑架、投毒、拐卖妇女儿童等严重犯罪活动猖獗;有组织犯罪、带黑社会性质的团伙犯罪和流氓恶势力犯罪,对社会危害极大,人民群众缺乏安全感。如震惊全国的张君犯罪集团在 6 年里流窜作案 12 起,杀死 22 人,伤 20 人,抢劫财物 500 多万元;靳如超制造的石家庄特大爆炸案;等等,都是新中国成立以来少有的重大恶性案件。

2001 年 4 月,在北京召开了全国社会治安工作会议,江泽民等党和国家领导人出席了会议,并发表了重要讲话,对开展"严打"整治斗争提出了明确要求。这次"严打"整治斗争重点打击三类犯罪:有组织犯罪、带黑社会性质的团伙犯罪和流氓恶势力犯罪;爆炸、杀人、抢劫、绑架等严重暴力犯罪;盗窃等严重影响群众安全的多发性犯罪。这三类犯罪对社会危害最大,人民群众对此深恶痛绝,把其作为此次"严打"整治的重点是十分必要的,也是大快人心的。目前,这场斗争正在深入开展,广大政法干警要以对党对人民高度负责的精神,以高昂的斗志,投身到"严打"整治斗争第一线,以辉煌的战果打击犯罪分子的嚣张气焰,鼓舞广大人民群众同犯罪做斗争的勇气和信心。

打击严重刑事犯罪,必须坚持从重从快方针,坚持"稳、准、狠"和"两个基本"的原则。不从重从快,就不可能有效地遏制犯罪,迅速扭转社会治安形势的恶化。但是,从重,绝不是任意加重刑罚,而是根据犯罪情节,在刑法规定的量刑幅度内从重;从快,也不是说可以不要经过一定的法律程序,不要办法律文书,就可以拘捕人、关押人,而是要求政法部门按照各自的分工,加快办案速度,正确掌握量刑标准。公、检、法机关在办案过程中,既要互相制约,又要互相配合,在每个环节上都要抓紧工作,才能把从重从快的方针贯彻落实好。

坚持"两个基本"原则,是贯彻落实从重从快方针、保证办案质量的重要措施。这次"严打"整治斗争所确定的重点打击的三类犯罪,大多案情比较复杂,涉及面广,尤其是有组织的犯罪、带黑社会性质的团伙犯罪,犯罪成员多,往往又是流窜作案,情况十分复杂。这三类犯罪,如果要求把犯罪嫌疑人的所有犯罪情节都搞清了才能定罪量刑,不仅司法实践中很难办到,而且也不利于从重从快方针的贯彻落实。过去有些重特大案件,之所以久拖不决,群众意见很大,一个重要原因是没有正确理解和认真贯彻"两个基本"原则。只要"基本事实清楚,基本证据确实充分"就可以定罪判刑,不在细枝末节上纠缠,这不仅有利于加快办案,防止案件积压和超期羁押,而且也保证了办案质量。因为"基本事实清楚,基本证据确实充分"就足以认定犯罪,并不影响定罪量刑。当然如果把所有事实都搞清楚,所有证据都搞得确实充分,岂不更好? 然而,对一些重大疑难案件却是很难办到的。我们必须根据案件的具体情况,根据"严打"整治斗争的需要从实际情况出发,实事求是,认真贯彻好"两个基本"原则,才能"稳、准、狠"地打击犯罪,实现社会治安的根本好转。

本文载《治安瞭望》2001 年第 10 期

加强精神文明建设　提高检察队伍素质

检察机关自身的精神文明建设是整个社会精神文明建设的一部分,从我省检察机关的实际情况看,这几年我们在精神文明建设方面所取得的成绩是明显的、可喜的。突出表现在:一是各级检察机关坚持把思想建设放在首位,组织干警认真学习邓小平同志建设中国特色社会主义理论,抓好政治思想教育。二是全省检察机关继开展"十佳检察官"评选活动之后,又开展了"争当模范检察官""争创模范检察院"的"双模"评比活动,以及开展评选"优秀公诉人""优秀侦查员""文明接待室"等活动,还联合《安徽日报》等新闻单位开展"检察好新闻"评选活动,检察宣传工作取得明显成绩。三是领导班子建设进一步加强。省院及各分、市院开展了对下级院领导班子的届中考察工作。不少检察院还通过制定"党组议事规则"、党组成员"十带头""十不准"制度,规范党组日常工作,增强了班子的战斗力。四是积极开展了群众性创建活动,如"创建文明单位""共建廉政单位"等活动以及开展"检察贤内助""文明家庭"评比活动,调动了广大干警在精神文明建设中的积极性、创造性。

但我们也应看到,在我省检察机关的精神文明建设中还存在一些不容忽视的问题,所以说当前搞好检察机关自身精神文明建设不仅非常重要,而且十分迫切。

第一,要加强思想建设。

第二,要切实抓好职业道德建设。检察队伍的职业道德建设是检察机关加强自身精神文明建设、贯彻落实中央六中全会精神的重大措施。

第三,要加强教育培训,努力提高检察队伍的业务素质。

第四,要认真抓好领导班子建设。

第五,要加强检察宣传工作。

本文载《法制日报》1997年4月2日第10版

加强预防职务犯罪工作
从源头上预防和解决腐败问题
——写在《安徽省预防职务犯罪工作条例》公布施行之际

正当全党全国人民深入学习贯彻党的十六大精神之际,省九届人大常委会第三十四次会议通过了《安徽省预防职务犯罪工作条例》(以下简称《条例》)。由于这个《条例》在全国省、市级人大常委会上率先出台,因而引起了社会各方面的普遍关注。

该《条例》的出台,对加强党风廉政建设、减少职务犯罪、促进国家工作人员公正廉洁地履行职务有着重要意义。《条例》具有如下特点:

一是符合十六大精神。江泽民同志在十六大报告中指出:"坚决反对和防止腐败,是全党一项重大的政治任务。""坚持标本兼治、综合治理的方针,逐步加大治本的力度。""从源头上预防和解决腐败问题。"这些论述,为今后深入持久地开展反腐败斗争指明了方向,对预防和解决腐败问题提出了新的更高的要求。《条例》规定:"预防职务犯罪贯彻标本兼治、综合治理的方针,实行教育、法制、监督相结合,采取内部预防、专门预防、社会预防等多种方法。"这同十六大报告精神是一致的。

二是明确了各单位预防职务犯罪工作的职责,有利于形成防止和惩治腐败的合力。《条例》规定:"预防职务犯罪实行单位各负其责,检察机关指导、监督,社会各界参与的工作机制。""预防职务犯罪工作实行领导责任制。单位主要负责人对预防职务犯罪工作负总责,其他负责人根据分工负直接领导责任。"《条例》还对各单位应当履行的预防职务犯罪工作的职责、监督保障措施、法律责任以及建立协调指导组织等做出了明确规定。这些规定,有利于增强各单位特别是单位主要负责人开展预防职务犯罪工作的责任感,有利于形成预防职务犯罪的合力。

三是对国家工作人员提出了严格要求,有利于减少职务犯罪。针对国家工作人员,特别是领导干部容易发生职务犯罪的关键环节,《条例》做出了禁止性的规定。如规定不得"索取、收受贿赂",不得"借选拔任用国家工作人员之机谋取私利",等等。这些规定,对国家工作人员,特别是领导干部廉洁自律,正确行使手中的权力,自觉地与各种腐败现象做斗争,有积极作用。

四是有利于检察机关更好地发挥职能作用,进一步加强预防职务犯罪工作。实践证明,贪污、贿赂、渎职等职务犯罪,光靠打击是不能遏制其上升势头的,必须在打击的同时,切实加强预防工作,才能减少职务犯罪。近年来,各级检察机关认真贯彻了标本兼治、综合治理的方针,加大了预防职务犯罪的力度,取得了一定成效。但是,由于没有预防职务犯罪的专门法规,这项工作的开展无法可依,不够规范,检察机关的工作往往得不到一些单位的理解、支持和配合。因此,开展预防职务犯罪工作的力度还不够大。这个《条例》出台后,为检察机关开展预防职务犯罪工作创造了有利条件。《条例》规定,"各级人民检察院指导、监督预防职务犯罪工作",并规定了检察机关指导、监督的具体方式,从而明确了检察机关在预防职务犯罪工作中的地位和作用。

五是有利于加强预防职务犯罪工作的宣传和舆论监督。《条例》规定:"文化、新闻、出版、广播电视、司法行政等部门应当开展形式多样的预防职务犯罪宣传活动。"并规定:"新闻媒体对国家工作人员履行职务的行为进行舆论监督。"这些规定对强化预防职务犯罪的宣传,加强舆论监督,营造良好的预防职务犯罪的氛围,有着重要作用。

六是有利于调动广大群众同国家工作人员利用职权违法违纪的行为进行斗争的积极性。《条例》规定:"任何单位和个人对国家工作人员利用职权实施的违法违纪行为,有权控告和举报。""有关部门应当依照规定为控告、举报人保密，并对举报有功者予以奖励。"并且规定："任何单位和个人不得对控告、举报人打击报复。"这些规定，有利于广大人民群众控告、检举、揭发职务犯罪，使国家工作人员履行职务的情况置于群众的监督之下，一旦发生违法违规行为，司法机关和有关部门能够根据群众的举报，及时地进行查处。

《条例》经过广泛征求意见，反复进行修改，终获通过，将于2003年1月1日起施行。该《条例》的实施，对认真贯彻党的十六大精神，坚持标本兼治、综合治理的方针，从源头上预防和解决腐败问题，减少职务犯罪，必将起到积极作用。

本文载《人民民主报》2002年12月24日第3版

检察机关要自觉接受人大监督

在我们国家,人民检察院依法独立行使检察权,不受行政机关、社会团体和个人的干涉,必须自觉接受党的领导,接受人大及其常委会、新闻舆论和广大人民群众的监督。为此,各级检察机关必须增强接受各级人大及其常委会的监督的意识,提高接受人大监督的自觉性,以便在人大及其常委会的监督下,更好地发挥法律监督作用。

人大及其常委会对检察机关的监督,是宪法赋予人大的职权。我国宪法规定,人大常委会有监督人民检察院工作的职权,人民检察院对产生它的国家权力机关负责。同时,各级人民代表大会还有权选举和罢免检察长。因此,检察机关是否自觉接受人大及其常委会的监督,是关系是否执行宪法规定的重大原则问题,必须提高认识,增强自觉性。

人大及其常委会的监督,还是检察机关正确行使检察权,严格执法的重要保证。当前检察机关所担负的任务十分繁重,行使的职权也很大,在加强内部制约监督机制的同时,还必须有外部的制约和监督。检察机关自觉接受人大及其常委会的监督,能够提高办案质量,保证严格执法,提高执法水平和队伍素质,改进检察工作。

如1995年下半年,省人大常委会组织部分人大代表对省人民检察院的工作进行评议。人大代表听取省检察院工作情况汇报,审查一年来省检察院直接办理和审批的案件,发现有的案件在定性处理上不够准确、恰当,要求省检察院重新审议。省检察院经过反复认真研究,纠正了一起不应追究刑事责任而做了免诉处理和一起防卫过当应当追究刑事责任而未予追究的案件。不少基层检察院,也根据当地人大代表和人大常委会的评议或交办意见,对一些案件重新进行了复查,纠正了原来定性、处理不当的案件。

人大及其常委会的监督,也有利于检察机关排除地方保护主义和部门保护主义的干扰,保证公正司法,严肃执法。当前由于保护主义在一些地方和部门作祟,检察机关常常会遇到执法难、办案难的问题。在这种情况下,检察机关尤其需要人大及其常委会的监督和支持,使一些阻力大、干扰大的案件得以顺利进行。

如我省一个时期看守所超期羁押犯人问题比较突出,检察机关虽然向有关办案单位多次提出口头或书面纠正意见,但清理进展缓慢,效果不明显。此事引起了省人大常委会的高度重视,在省人大常委会负责同志的督促下,在省政法委员会的支持下,省检察院派出检查组分赴各地进行督促检查,使清理超期羁押犯人的工作取得了突出进展,有的地、市很快完成了清理任务,一些久押不决的老大难案件得到妥善解决。一些基层检察机关在办理涉及地方经济利益的案件时,往往由于受到地方个别党政负责人的干涉,很难依法处理。在这种情况下,由于人大及其常委会的监督和支持,检察机关排除了阻力和干扰,使案件得以公正处理。

检察机关要自觉地接受人大及其常委会的监督,重在提高认识,增强主动性。要防止和克服认为人大及其常委会的监督"可有可无",甚至是"找毛病""添麻烦"的错误思想,高度自觉地接受人大监督。只有这样,才能积极主动地执行高检院和省人民检察院关于接受人大及其常委会监督的有关规定,把接受人大监督贯穿于检察工作的始终。

为了把各项检察工作真正置于人大及其常委会的监督之下,就必须使这种监督制度化。除每年向人大会议全面报告工作外,还应根据需要,向人大常委会或主任办公会议专题报告工作;邀请人大代表视察检察工作,主动征求人大代表对检察工作的意见;认真办理人大及其常委会交办的案件;虚心听取、认真对待人大及其常委会对检察工作的评议和质询;坚决执行人大及其常委会的决议、决定;检察机关的重要工作部署、重大案件的办理情况、执法活动中遇到的问题、向法院的抗诉案件以及其他按规定需要向人大及其常委会报告的事项,都应及时报告。

　　要提高检察机关接受人大监督工作的质量,必须不断总结和探索这种监督的新情况和新经验,找出存在的问题和薄弱环节,完善有关规章制度,使这项工作做得越来越好。

　　　　　本文载《人民民主报》1997 年 9 月 11 日第 2 版

大胆改革检察机关干部管理制度

党的十四届四中全会通过的《中共中央关于加强党的建设几个重大问题的决定》中指出,"要制定和实行党政领导干部选拔任用工作条例,使选拔任用干部的工作规范化、制度化","逐步形成优秀人才能够脱颖而出、富有生机与活力的用人机制"。

1995年2月,中央下发了《党政领导干部选拔任用工作暂行条例》(以下简称《条例》)。这是我们党关于党政领导干部选拔任用工作方面比较全面、比较系统的党内法规,使党政领导干部选拔任用工作朝着民主化、科学化、制度化迈出了重要一步,对加强各级领导班子建设具有十分重要的意义。

在认真学习贯彻《条例》的基础上,我们紧密结合检察机关的实际,对省检察院机关的干部管理制度,大胆地进行了改革,取得了初步成效。

一是对部分处室负责人实行了岗位交流。鉴于有的处室负责人长期在一个处室工作,没有进行过交流,有的处室领导班子不够团结协调,有的进行交流后可能更适合发挥其工作特长,因此,经过充分酝酿,反复研究,对部分处室负责人的工作岗位进行了调整和交流,交流面达到52.1%。二是实行处室负责人聘任制和目标管理责任制。各处室主要负责人一律实行聘任制,聘任期为3年。在聘任的同时,必须制定完成各项工作任务的目标,由检察长与其签订目标管理责任书。聘任期间,每年考核一次,工作不称职、完不成工作目标任务的,将予以解聘;完成工作目标任务的,将予以表彰和奖励。实行这种办法,调动了处室负责人的工作积极性。三是对部分处室负责人职位实行公开选拔竞争上岗办法。经省院党组研究决定,拿出处室负责人空缺职位的一半(共8名),在全院范围内实行公开选拔,竞争上岗。这一办法体现了公开、平等、竞争、择优的选拔任用干部的原则,也是改革干部管理制度力度最大、最关键的重要举措。竞争上岗的处室负责人职位公布后,在全院干警中引起了很大的反响,报名参加竞争上岗者有70余人。四是省院机关处以下在职干警实行双向选择竞聘上岗办法。以上改革措施,都制定了相应的办法。这些办法经过反复讨论修改,在广泛征求干警意见的基础上由党组讨论通过。这次干部管理制度的改革,得到了全院绝大多数干警的拥护,进一步调动了干警的工作积极性,增强了干警的工作责任感,提高了工作效率,促进了各项检察工作的顺利开展。

改革干部管理制度是一项新的工作,也是一项政策性强、比较复杂的工作,我们本着积极而又慎重的原则,大胆探索,坚定不移地进行改革。我们的主要做法是:

一、统一认识、解放思想、更新观念、加强领导,这是搞好干部管理制度改革的关键。对干部管理体制要不要改革,如何进行改革,我院党组多次进行酝酿讨论,认为:改革干部管理体制是贯彻落实《条例》的根本措施,是加强处室领导班子建设和队伍建设的需要,是改进机关作风,提高工作效率,促进检察工作发展的需要,因此必须解放思想,更新观念,下决心进行改革,而且必须结合机构改革,抓紧进行,不能等待观望。

二、坚持群众路线、充分发扬民主,这是搞好干部管理制度改革的可靠保证。这次我院干部管理制度的改革,始终坚持群众路线,充分发扬民主,因而得到了全院干警的拥护,保证了改革的顺利进行。在起草制定干部制度改革的办法和规定过程中,反复征求了各处室干警的意见;召开全院干警大会,动员干警积极支持和参与改革;公布部分处室负责人竞争上岗的职位,号召符合条件的干警积极报名参加。这样确定的人选,有广泛的群众基础,透明度也比较高,为群众所公认,群众和领导都比较满意。

三、坚持党管干部的原则,严格按程序办事,这是搞好干部管理制度改革的重要环节。党管干部的原则是选拔任用干部的重要原则之一。在改革检察机关干部管理制度过程中,既要坚持群众路线,充分发扬民主,广泛听取各方面的意见,尊重民意测评的结果,也要坚持民主集中制的原则,坚持按选拔使用干部的程序办事。在对确定的考核对象进行认真考核的基础上,由党组讨论决定,并按照干部管理的规定上报审批或备案。

四、注意做好改革过程中的思想政治工作,这是搞好干部管理制度改革的思想基础。干部管理制度的改革,关系干警的切身利益,而且大家对改革的认识和看法也不尽一致。因此,必须做过细的思想政治工作,才能使改革顺利进行。如有的参与竞争处室负责人职位而落选的同志,原以为自己还是有把握竞争上岗的,结果出乎意料地落选了,因而思想上有这样那样的想法。党组负责同志及时找他们谈话,要其正确对待群众,正确对待自己,职位毕竟有限,竞争上岗必然有落选者,这是正常现象,不能因此而背上思想包袱,影响工作。能不能正确对待这个问题,也是对每个人的最好考验。经过做耐心细致的思想政治工作,这些同志都能端正态度,顾全大局,正确对待。

目前我院干部管理制度的改革正在继续深入和完善。改革的春风,给我院的工作带来了生机与活力,各项工作有了新的起色。全院干警的精神面貌正在发生新的可喜的变化,一个争先创优、奋发向上、"讲学习、讲政治、讲正气"的局面正在形成。

本文载《安徽日报》1997年9月1日第8版

学习小平同志关于"两手抓"的思想，深入开展反腐败工作

邓小平同志在阐述法制建设与经济建设的关系时，以伟大的无产阶级革命家、政治家、理论家的战略眼光，高瞻远瞩地提出"两手抓"，即"一手抓建设，一手抓法制"的思想。"两手抓"的思想，是小平同志"两点论"的哲学思想和领导方法在法制工作中的创造性的运用，是小平同志建设中国特色社会主义法制思想体系的重要组成部分，是指引我们夺取经济建设和法制建设双丰收的法宝。认真学习、领会小平同志关于"两手抓"的重要论述，切实把握和运用这一锐利的思想武器，对于全党全国在建立社会主义市场经济体制的新形势下继续深入开展反腐败斗争、保证改革开放和经济建设健康、顺利地进行，将起到极为重要的指导作用。

一、在社会主义现代化建设的进程中，必须一手抓建设，一手抓法制

早在改革开放之初，小平同志就提出了"两手抓"的基本方针：一手抓经济建设，一手抓打击经济犯罪；一手抓改革开放，一手抓惩治腐败；一手抓物质文明，一手抓精神文明。在 1986 年 1 月中央政治局常委会上，他再次强调了经济建设与法制建设相辅相成的辩证关系，批判了那种只埋头经济建设，忽视法制建设的行为。他说："经济建设这一手我们搞得相当有成绩，形势喜人，这是我们国家的成功。但风气如果坏下去，经济搞成功又有什么意义？会在另一方面变质，反过来影响整个经济变质，发展下去会形成贪污、盗窃、贿赂横行的世界。"因

此,"搞四个现代化一定要有两手,只有一手是不行的。所谓两手,即一手抓建设,一手抓法制"。小平同志关于抓法制建设同抓经济建设并举的思想,把加强法制提到现代化建设全局战略高度的思想,在中国共产党的历史上,还是第一次,具有极其重大的意义。这一思想,确定了法制建设在我国社会主义现代化建设中的地位,提高了全党和全国人民对加强法制建设重要性和必要性的认识,也向党内外、国内外宣告了中国共产党人加强法制建设、建设法制国家的决心。小平同志的这一思想,深刻地阐明了经济建设与法制建设的内在关系,使我们更加明确地认识到,法制建设是现代化建设的内在要求,社会主义现代化建设离不开法制的促进和保障。在当前建立社会主义市场经济的新形势下,我们只有正确处理好经济建设和法制建设的辩证统一的关系,才能在坚持以经济建设为中心的同时,依法严厉惩治各种腐败现象,自觉地把打击严重经济犯罪作为经济建设最重要、最直接的服务,有效地保持党和国家肌体的健康纯洁。

二、反腐败要靠法制

邓小平同志对运用法律手段惩治腐败十分重视,他在视察南方的重要谈话中鲜明地提出:"对干部和共产党员来说,廉政建设要作为大事来抓。还是要靠法制,搞法制靠得住些。"小平同志关于依法同各种消极腐败现象做斗争的一贯主张,为我们打击经济犯罪的斗争指明了方向。

改革开放以来,经济领域空前活跃,我国社会主义现代化建设事业突飞猛进,取得了举世瞩目的伟大成就。然而,也确有一些人经不起考验,猖狂地进行贪污贿赂等经济犯罪活动。一些地方和部门,特别是有些党政领导机关、司法机关、行政执法机关和经济管理部门,少数人在利益驱使下,利用职权或者行业垄断地位,把权力引入市场,使权力商品化,搞权钱交易。这些严重的腐败现象,损害了党和政府的肌体,败坏了国家的信誉,毒化了人们的思想,污染了社会风气,破坏了经济建设。

邓小平同志多次要求全党重视打击严重经济犯罪活动,并提出了一系列重要的指导思想。1982年,他在分析经济犯罪活动形势时指出:"我们自从实行对外开放和对内搞活两个方面的政策以来,不过一两年时间,就有相当多的干部被腐蚀了。卷进经济犯罪活动的人不是小量的,而是大量的。现在的大案子很多,性质都很恶劣,贪污的或者损害国家利益的,都不只是什么'万字号'。要足够估计到这样的形势。这股风来得很猛,如果我们党不严重注意,不坚决刹住这股风,那么,我们的党和国家确实要发生会不会'改变面貌'的问题,这不是危言耸听。"

从我省检察机关查办的案件看,贪污贿赂犯罪等腐败现象也是十分严重的。以1994年查办案件情况为例,可以看出这样几个主要特点:一是犯罪总数上升。1994年,全省检察机关共受理各类经济犯罪案件4192件,立案侦查2333件,受理数和立案数都比上年有较大幅度的上升。在立案查处的经济犯罪案件中,贪污贿赂案计1294件,占立案总数的55.5%,比上年上升4.3%。二是县处级以上干部经济犯罪的要案增多。去年我省检察机关共立案查处经济犯罪要案41件43人(其中厅局级干部2人),比1993年立案查办的要案人数上升65.4%。三是犯罪数额巨大。去年全省检察机关共立案查处了贪污贿赂等经济犯罪万元以上的案件1309件,比上年增长9件,犯罪分子作案后大多用赃款挥霍享受,有的购买高档商品,有的买别墅建私房,有的赌博嫖娼,还有的携巨款潜逃。四是发生在重点机关或部门的犯罪严重。1994年全省检察机关共立案查处党政领导机关、司法机关、行政执法机关和经济管理部门中的工作人员贪污贿赂等经济犯罪案268件301人,占所立经济犯罪案件总数的11.5%。五是法人犯罪明显增多。去年,全省检察机关共立案查办法人犯罪案件 32 件,也比上年明显增多。六是假冒商标、制售伪劣商品犯罪活动屡打不绝。去年全省检察机关共立案侦查假冒商标案 109 件,其中 10 万元以上的大案有 17 件。七是经济犯罪的表现形式出现了一些新情况。随着改革的不断深入,多种新的经济现象、经济行为不断出现,贪污贿赂等经济犯罪也出现了新情况。可以说,新的经济领域拓展到哪里,贪污贿赂等经济犯罪的触角就伸向哪里。此外,由于贪污贿赂犯罪是一种职务型和智能型犯罪,随着科学技术的发展和进步,犯罪手段也呈多样化、智能化趋势。还有的贪污贿赂犯罪与其他犯罪互相交织,跨地区、跨部门犯罪也越来越严重,往往一案多罪,一罪多人,查出一案,带出一串,挖出一窝。

上述情况表明,我省同全国一样,贪污贿赂犯罪等严重腐败现象也十分严重,容不得我们有丝毫懈怠。我们务必认真贯彻执行邓小平同志关于依靠法制惩治腐败的思想,切实加大打击力度,依法从快、从严、从重惩治贪污贿赂等经济犯罪。

1. 要抓紧依法查处大案要案,取信于民。邓小平同志 1986 年 1 月在中央政治局常委会上的讲话中强调指出:"越是高级干部子弟,越是高级干部,越是名人,他们的违法事件越要抓紧查处,因为这些人影响大,犯罪危害大。"1989 年 5 月,他再次强调:"腐败的事情,一抓就能抓到重要的案件,就是我们往往下不了手。这就会丧失人心,使人们认为我们在包庇腐败。这个关我们必须过,要兑现。是一就是一,是二就是二,该怎么处理就怎么处理,一定要取信于民,腐败、贪污、受贿,抓个一二十件,有的是省里,有的是全国范围的。要雷厉风行地抓,要公布于众,要按法律办事。该受惩罚的,不管是谁,一律受惩罚。"我们贯彻"两手抓、两手都要硬"的方针,就必须花大力气,切除寄生在党和国家肌体上的毒瘤。否则就不能取信于民,不能有效地遏制腐败现象的蔓延,失人心者失天下,就有亡党亡国的危险。

2. 对严重腐败分子要依法严惩不贷,直至处以死刑。小平同志对于经济犯罪活动,一贯主张坚决严厉打击,不能手软。1982年他就指出:"现在刹这个风,一定要从快从严从重……对有些情节特别严重的犯罪分子,必须给以最严厉的法律制裁。刹这股风,没有一点气势不行啊! 这个问题要认真地搞,而且在近期要抓紧,处理要及时,一般地要严,不能松松垮垮,不能处理太轻了。"邓小平还强调用死刑手段来惩治那些特别严重的经济犯罪分子。他说经济犯罪特别严重的,使国家损失几百万、上千万的国家工作人员,为什么不可以按刑法判死刑? 1952年杀了两人,一个刘青山,一个张子善,起了很大的作用。现在只杀两个起不了那么大作用了,要多杀几个,这才能真正表现我们的决心。根据邓小平的指示,全国人大常委会1988年1月通过了《关于惩治贪污罪贿赂罪的补充规定》,规定了对贪污受贿数额巨大、情节特别严重的处以死刑,对惩治腐败分子起了重要作用。

3. 要健全和完善制约和监督机制。对廉政建设、消除腐败来说,教育是基础,法制是保证,领导是关键。邓小平同志十分重视加强对领导干部的监督工作。他在谈到党和国家领导体制改革时,强调要有群众监督,让群众和党员监督干部,特别是领导干部,而且"最重要的是要有专门机构进行铁面无私的检查"。只要领导带头廉洁自律,反腐败中出现的许多问题和困难就会迎刃而解。正因为这样,江泽民同志1993年8月在布置近期内反对腐败需要做好的几项工作时,把各级领导带头廉洁自律列为首要任务。中央1993年和1994年分别制定并公布了党政机关县(处)级以上领导干部廉洁自律的两个五项规定,最近又制定了县(处)级以上领导干部财产申报的规定。这些规定的贯彻落实,对清除腐败现象,无疑起着很好的教育和防范作用。

三、整个改革开放过程中都要反腐败

邓小平同志早在 1982 年 4 月就高瞻远瞩地指出,开展反腐败斗争,"打击经济犯罪活动,我们说不搞运动,但是我们一定要说,这是一个长期的经常的斗争。我看,至少是伴随到实现四个现代化那一天"。1986 年 6 月,在中央政治局常委会上,邓小平同志进一步指出:"开放、搞活,必然带来一些不好的东西,不对付它,就会走到邪路上去。所以,开放、搞活政策延续多久,端正党风的工作就得干多久,纠正不正之风、打击犯罪活动就得干多久,这是一项长期的工作,要贯穿整个改革过程之中,这样才能保证我们开放、搞活政策的正确执行。"1989年 9 月,邓小平同志更加明确地指出:"我们反对腐败、搞廉洁政治,不是搞一天两天、一月两月,整个改革开放过程中都要反对腐败。"在1992 年初视察南方的谈话中,他再一次强调"在整个改革开放过程中都要反对腐败"。从邓小平同志的以上论述中,我们可以悟出这样几个问题:

第一,腐败现象的存在,有其历史的和现实的原因。一是封建主义残余的影响和西方资本主义腐朽思想的侵袭,导致腐败现象发生。二是建立社会主义市场经济,商品交换的原则必然长期、广泛地起作用,其消极影响不可低估。三是在新旧两种体制转轨过程中,法制不健全,制度不完善,政策不配套,市场调节机制不成熟,这些都会给腐败行为造成可乘之机。

第二,反腐败斗争是一项长期性的战略任务,不可能毕其功于一役。一是坚持改革开放不是权宜之计,而是建设中国特色社会主义的长远方针。那么对改革开放必然带来的"一些不好的东西"就必须进行坚持不懈的长期的斗争,这样才能防止改革开放"走到邪路上去",才能"保证我们开放、搞活政策的正确执行"。二是在建立和完善社会

主义市场经济体制的过程中,以权谋私、权钱交易、贪污受贿等腐败现象还将继续存在,并且出现了许多错综复杂的新的表现形式,对发展社会主义市场经济具有很大的危害性和破坏性,同时也增加了我们惩治腐败的难度。因此,要保证社会主义市场经济的健康发展,就必须把反腐败斗争贯穿到建立社会主义市场经济体制的整个过程之中。三是消除导致腐败现象产生的思想上的因素,更是一项长期的、艰苦的、持久的工作,不可能靠一朝一夕的努力解决。只有像江泽民同志指出的那样,"一定要树立持久作战思想,一个问题一个问题地解决,一个案子一个案子去查处,一步步地引向深入,一个阶段一个阶段地把工作推向前进,才能使反腐败斗争坚持不懈地开展下去并真正抓出成效来"。

第三,反腐败斗争又是一项迫切的现实任务,必须抓紧,不能放松。应当看到现阶段反腐败工作虽然取得了一定成绩,但是腐败现象仍然比较严重,惩治腐败工作还存在着三个较大差距:目前存在的问题与群众的期望值有较大差距,已经暴露出来的问题与实际存在的问题有较大差距,当前解决问题所采取的措施与从根本上解决问题应采取的措施有较大差距。当前,我们必须按照邓小平同志提出的反腐败斗争一定要"认真抓,不放松"的要求,把查处党政领导机关、行政执法机关、司法机关和经济管理部门中发生的贪污、受贿等经济犯罪案件作为反腐败斗争的重点中之重点,集中力量,排除阻力,下苦功夫,尽快突破一批大案要案,及时依法严肃处理并予以公布,充分体现党和政府反腐败的坚强决心,把新时期的反腐败斗争一步一步地引向深入。

要重视检察机关的公文写作

　　检察机关是国家的法律监督机关。各级检察机关行使法律监督的职能都离不开公文。因此,公文质量的好坏对检察工作来说至关重要,它直接关系检察职能作用能否正确地发挥,党和国家的方针、政策能否正确地传达贯彻。这是因为检察机关的公文同国家行政机关的公文一样,都是传达贯彻党和国家的方针、政策、指示和答复问题,指导和商洽工作,报告情况,交流经验的重要工具。同时,检察机关还有一部分专用公文,即司法文书,这部分公文的质量如何直接关系办案质量和法律能否正确实施,甚至影响到检察机关的形象和声誉。应当看到,我省各级检察机关的公文质量总的还是好的,是在不断改进和提高的,对保证各项检察工作任务的完成起到了重要作用。但是也应清醒地看到,我省检察机关公文质量不高的问题还较为突出,少数检察机关对公文质量不够重视,无论是通用公文还是司法文书,都存在不少问题。少数检察机关的领导只注重办案,不注意培养选拔公文写作人才,因而工作做了很多,情况却不能及时准确地向上级汇报。这些问题应当引起我们各级检察机关领导的重视,要把改进和提高检察机关的公文质量问题摆上重要议事日程,采取有效措施加以解决。

　　公文写作是党政干部的一门必修课,也是各级检察干部的一门必修课。我们应当结合自己的工作实际,努力学习公文写作知识,不断提高公文写作水平,以适应检察工作的需要。特别是从事文字工作的"秀才"们,要不断提高对公文写作重要性的认识,增强责任感和光荣感,安心和热爱这项工作,为改进和提高检察机关的公文质量做出积极贡献。各级检察机关的领导,应当关心、爱护、理解和支持从事文字工作的同志们,为他们创造必要的工作条件,帮助他们解决工作和生活中能够而且应当解决的一些实际困难,以便充分调动他们的工作积极性。

从事文字工作的同志怎样才能不断提高自己的公文写作水平呢?我认为应当注意以下几点:

第一,要努力学习马克思主义和毛主席著作,学习党的方针、政策和国家法律、法规。通过学习,不断提高自己的政治理论和政策水平,掌握辩证唯物主义的认识论和方法论,坚持四项基本原则,坚持正确的政治方向,划清马克思主义与反马克思主义、社会主义与资本主义、科学社会主义与民主社会主义的界限。这一点非常重要,如果我们政治头脑不清醒,观点模糊不清,写出来的公文难免出现政治性错误。

第二,要努力学习法律知识,刻苦钻研检察业务。检察机关的公文专业性很强,搞文字工作的同志如果缺乏法律知识,对检察业务生疏,就不可能写出质量较高的公文,甚至会说一些外行话。我们要防止和克服那种认为学习法律知识和检察业务是业务部门的事,自己学不学关系不大的片面认识,增强学习法律和检察业务的紧迫感,提高学习自觉性。检察业务熟悉了,公文写作水平才能提高。

第三,必须在语言文字上下功夫,练好基本功。我们有些公文,内容很好,但语言文字比较粗糙,有的不讲究语法修辞,不注意标点符号,错别字多,文字不通顺;有的逻辑性不强,上下句不相照应,句与句之间没有逻辑的联系;有的文字冗长,语言拖泥带水,不简练;等等。要提高公文写作水平,必须懂得语法、修辞和逻辑的基本知识,要在学习语言上下功夫。公文写作虽然与一般文章写作不同,但同一般文章一样,必须做到内容充实、中心突出、结构严谨、语句通顺、叙述清楚、说明恰当、议事说理合乎逻辑。同时还必须讲究"三性",即准确性、鲜明性和生动性。提高文字表达能力是写好公文的前提条件。然而,

"语言这东西，不是随便可以学好的，非下苦功不可"。我们要注意从实际生活中去学习人民语言，汲取口语营养，这样才能把公文写好。

第四，要有严肃认真、一丝不苟的写作态度。有的同志起草公文怕动脑筋、怕麻烦，动笔前没有认真做好搜集材料的准备，经过反复思考，然后下笔，而是想到哪儿写到哪儿；有的东抄一点，西抄一点，七拼八凑，交差了事。试想，这样怎么能够写出质量较好的公文来呢？大家知道，毛泽东同志对写文章的态度历来是极其严肃认真的，他把那种不负责任的写作态度作为党八股文风的表现之一，列为这种文风的罪状。鲁迅先生那种对待写作一丝不苟的认真负责精神，也是值得我们学习的。他写文章，"写完后至少看两遍，竭力将可有可无的字、句、段删去，毫不可惜"。可见，如果没有严肃、认真、负责的写作态度，是很难写出高水平的公文来的。

第五，要多看，多练，多积累资料。提高公文写作水平，不是一天两天就能办到的，必须有一个长期磨炼的过程。关键是平时要打好基础，不能临渴掘井。这就需要我们平时多看一些文件、文章，并要注意分析研究别人写的文章的特点和技巧。要注意收集积累一些必要的资料，熟悉了解各方面的状况，对本单位的状况更要做到心中有数。同时，要做到手勤，平时多练练笔，多写一些文章。这样，在起草公文时就能做到得心应手，"下笔如有神"了。

本文载《安徽检察》1992年第2期

评论篇

必须大力加强对青少年的法制宣传教育工作

一

青少年是国家和民族的未来和希望,是建设中国特色社会主义的接班人。我们党一贯重视青少年的教育工作,十分关心青少年的健康成长。小平同志曾经明确指出:法制教育要从娃娃抓起。特别是改革开放以来,针对青少年中出现的一些新情况、新问题,国家和有关部门先后制定了一系列法律、法规和规定,有关部门在贯彻落实这些法律、法规和规定,加强对青少年的思想教育和法制宣传教育方面做了大量工作,取得了一定成效。

但是,由于种种原因,主要是工作上的原因,当前青少年中出现的问题越来越突出,特别是青少年中出现的违法犯罪问题十分惊人,犯罪人数呈逐年上升趋势,而且具有低龄化、暴力化、团伙化和智能化等特点。最近,我省发生了几起青少年违法犯罪案件,令人震惊和心痛。

8月27日,肥西县一名14岁的初三学生,因为无钱修手机,竟残忍地用锄头击打一名农妇头部,后又用砍柴刀砍其头部,致其晕厥倒地,伤势严重。这名初中生系单亲家庭,缺少家庭温暖和良好教育,法制观念淡薄,不知道自己的行为已构成犯罪。

今年8月,金寨县梅山镇一名14岁的小学生,因怀疑邻居阿姨说他是小偷,竟动杀机,伺机用木棍击打她的头部,后又用尖刀、螺丝刀、钢筋等击打其身上要害部位,致其昏厥后将其拖至废弃房屋内藏匿。

今年 9 月,无为县一名 19 岁的青年,找奶奶要钱上网被拒绝后,竟用砖头将七旬奶奶砸伤,经送医院抢救无效死亡。

当前青少年中涉及杀人、盗窃、抢劫、诈骗、强奸以及黄、赌、毒等违法犯罪案件越来越多,严重地影响了社会稳定。

青少年违法犯罪原因是多方面的,有社会各种不良现象的影响,有社会管理方面存在的薄弱环节,有学校教育的失衡,有家庭的不良影响,等等,与对青少年的法制宣传教育工作抓得不紧也是有一定关系的。因此,高度重视青少年的法制宣传教育工作是形势的迫切需要,是摆在全党全社会面前的一项十分紧迫而艰巨的任务。

二

现就如何加强青少年的法制宣传教育工作,谈一点粗浅的意见和建议,有些意见和建议也是有关部门已经或正在做的。

(一)提高认识,加强领导

加强青少年的法制宣传教育工作关键在组织领导,只要各级党委、政府和有关部门的领导高度重视,采取得力的有效措施,就一定会抓出成效。

要充分认识到,加强对青少年的法制宣传教育工作事关国家的前途和命运,事关我们的社会主义事业是否后继有人。加强对青少年的德育和法制宣传教育,有利于青少年的健康成长,有利于增强青少年的法制观念和自我保护意识,预防和减少青少年犯罪,有利于社会治安形势的根本好转和社会的和谐稳定。

要防止和克服在少数领导干部中存在的忽视对青少年进行法制宣传教育的错误倾向,建立和落实法制宣传教育工作的责任制和奖惩机制。

要在党委、政府的统一领导下,各有关部门分工负责,互相配合,齐抓共管,常抓不懈,切实抓出成效。普法宣传活动有利于提高公民的法制意识,增强法制观念,维护社会稳定,但我省"六五"普法工作还存在不少问题,必须进一步加强领导、加大力度、深入扎实地开展下去,应把对青少年的法制宣传教育作为重点,切实抓出成效。

(二)突出重点,切实抓好学校的法制宣传教育工作

学校是教书育人的重要场所,对青少年的一生影响很大。学校担负着青少年德育和法制宣传教育工作的重要任务。各类学校都应高度重视,把此项工作作为重点抓紧抓好。要克服目前在一些学校中存在的重智育轻德育,片面追求升学率,忽视对学生的品德教育和法制宣传教育的行为。

学校应增加法制课的课时,增强法制宣传教育的针对性和实效性。要采取多种生动活泼直观的形式对学生进行德育和法制宣传教育。如组织学生参观法制宣传展览,观看以案说法录像片、电影,邀请公、检、法办案人员来校上法制课,让曾经走入歧途、现已改过自新的青少年来校讲述自己的经历,组织开展法律知识竞赛或演讲比赛,开设法制园地,观看法制专题文艺演出以及举办青少年模拟法庭,等等,通过多种形式的宣传教育使学生真正受到教育,增强道德意识和法制观念。

对许多学校设置的法制副校长,应进一步发挥好法制宣传教育的作用,防止流于形式。对工作繁忙、很少顾及法制宣传教育工作的兼职人员,应建议有关部门及时调换。

教育主管部门对学校法制宣传教育工作开展情况,应加强检查监督,及时发现和纠正存在的问题。

(三)狠抓薄弱环节,强化对流散社会的青少年的法制宣传教育工作

当前,中小学生中辍学、流失现象仍然存在;残缺家庭子女无人监护、流散社会问题较为突出;农村外出打工人员子女教育还存在死角;

刑满释放、解除劳教青少年的安置帮教措施落实还不够。这些往往成为法制宣传教育的薄弱环节。在青少年违法犯罪中，这类青少年所占比重最大，给社会治安带来严重影响。不久前，合肥火车站发现一名10岁少年偷拿了别人的挎包，经派出所调查，这一少年是从南昌流浪来合肥的，他已离家出走半年多，先后到过四川、上海等地，其流浪原因是怕父亲打他，同时想让他已离婚的父母复婚。像这种流浪街头的青少年并不少见，因此加强对这一类青少年的管理、教育应当引起党政领导和有关部门的高度重视，采取积极措施，从根本上加以解决。要认真贯彻落实好国家和有关部门制定的相关法律和规定，加强调查研究，摸清原因，有针对性地解决问题。要建立和完善责任制，明确职责，谁主管谁负责，防止部门之间互相推诿和扯皮。对不尽职尽责不作为的有关人员，有关部门必须严肃查处。对这一类青少年的法制宣传教育，应当结合解决辍学、安置流浪少年儿童、帮助教育社会闲散青年、落实对刑满释放、解除劳教青少年的安置帮教措施等方面工作进行。同时，要采取有效措施提高家长素质、改进家庭教育，尤其要注意抓好对残缺家庭子女的教育。对这类青少年的管理教育工作要把法制宣传教育放在重要位置，使他们了解和掌握一些基本法律知识，懂得什么行为是违法犯罪，是要追究刑事责任的，同时也要使他们懂得如何维护自己的合法权益，增强自我保护意识。

（四）充分发挥人大的职能作用，加大监督力度

国家和有关部门在保护未成年人和预防未成年人犯罪以及义务教育等方面制定了一系列法律、法规和办法规定，其中不少都涉及对青少年的法制宣传教育问题。但在实践中，不少法律规定未能得到认真贯彻落实。

对加强青少年法制宣传教育工作，各级人大及其常委会发挥着重要作用。人大及其常委会对各项法律实施情况和政府部门的各项工作有权进行检查监督，通过执法检查政府有关部门的工作报告，及时

发现在青少年法制宣传教育工作上存在的问题,并要求有关部门抓紧改进。鉴于当前青少年中违法犯罪不断上升的严峻形势,有关部门工作中存在的问题,建议人大把对青少年的法制宣传教育情况列为法制检查的重要内容,而且应定期进行全面检查。要深入基层、深入实际调查研究、广泛听取各方面意见,讲究执法检查的实效,防止流于形式走过场。近年来,我省各级人大及其常委会重视和加强了人大宣传工作,取得了明显成效,建议今后把加强对青少年的法制宣传教育工作列为重点,结合人大自身工作特点,发挥有关专门委员会的作用,把这一工作认真抓好。

总之,对青少年的法制宣传教育,是关系青少年的前途和命运的大事,是关系我们的社会主义事业是否后继有人的大事,是关系我们的社会是否和谐稳定的大事。全党、全社会都应高度重视抓好这项工作,把它作为一项战略任务,采取切实有效措施,狠抓落实,真正抓出成效。

2012 年 10 月

本文载孟富林主编的《安徽省人大工作研究会 2012 年理论研讨会论文汇编》

清风集

关于推进司法体制改革与完善的几点思考和建议

　　加强社会主义民主法制建设是建设中国特色社会主义的内在要求,是国家长治久安的根本保证,是全党全社会的共同任务。

　　改革开放以来,我国民主法制建设取得了长足进步,具有中国特色社会主义法律体系基本形成,依法治国基本方略得到了贯彻执行。然而,民主与法制建设是一个长期复杂的过程,不可能一蹴而就,今后路程还很长,任务还很艰巨。随着改革开放的不断深入发展,人民民主政治的逐步深化和完善,民主与法制建设必将得到进一步加强。

　　党的十七大为我国司法体制改革和法制建设指明了方向。胡锦涛同志在党的十七大报告中指出:"依法治国是社会主义民主政治的基本要求。要坚持科学立法、民主立法,完善中国特色社会主义法律体系。"报告中还明确指出:"深化司法体制改革,优化司法职权配置,规范司法行为,建设公正高效权威的社会主义司法制度,保证审判机关、检察机关依法独立公正地行使审判权、检察权。"加快司法制度建设,积极推进司法体制改革与完善,是加强民主与法制建设的必然要求,是坚持与完善社会主义民主制度的重要组成部分。

　　我国司法制度的建立和完善,经历了一个漫长而曲折的过程。1982年颁布的新宪法虽然重新肯定了审判机关和检察机关地位的独立性,但由于司法体制上的因素及法制环境存在的问题,审判机关、检察机关未能完全做到依法独立公正地行使职权,司法不公、司法腐败的问题较为突出,社会反映强烈。改革开放以来,我国司法制度逐步走向系统化和规范化,正在朝着司法独立、司法公正的目标推进改革与逐步完善。我国的司法机关在依照法律保护公民的各项基本权利和自由以及其他合法权益、保护公共财产和公民私人所有的合法财产、维护社会秩序、保障改革开放和经济发展顺利进行、惩罚犯罪、保障人民的生命安全等方面发挥了重要作用。但也应看到,当前我国司法体制、司法制度还存在着一些有待进一步健全和完善之处,不能完全适应改革开放和经济的发展以及人民群众对司法公正的需求。下面,我就加强法制建设、改革与完善司法体制问题谈一点个人的思考和建议,难免有不妥之处,请大家予以批评指正。

一、司法独立原则必须得到切实保障

我国宪法规定,人民法院依法独立行使审判权,人民检察院依法独立行使检察权,不受行政机关、社会团体和个人的干涉。当然,人民法院、人民检察院独立行使审判权和检察权,必须在党的领导下并接受同级人大及其常委会的监督,还要接受人民群众的监督。当前在一些地方,法院和检察院依法独立行使审判权和检察权往往受到影响和干涉。少数地方的领导干部,法制观念淡薄,不尊重法院、检察院依法独立行使职权,把司法权力地方化,直接干预司法机关办案,以言代法,以权压法,影响了司法公正,甚至造成冤假错案。

要使审判权和检察权真正得到独立行使,我认为应当采取以下措施:

一是加强对各级领导干部的法治宣传教育,严明组织纪律。对各级领导干部要加强依法治国基本方略的教育,增强法制观念,带头遵守国法党纪,自觉地维护宪法和法律的尊严。对滥用职权,以言代法、以权压法,干涉司法机关依法办案造成不良影响和严重后果者,应当严肃查处。

二是要加强对司法人员职业纪律、职业道德教育,增强依法办案、公正司法的自觉性,进一步完善司法人员的职业行为规范和主审法官、主办检察官负责制,严格执行错案责任追究制。对违反职业道德、不严格依法办事、造成错案冤案者,坚决清除出司法队伍。

三是积极推进司法体制改革,防止司法权的地方化。长期以来,我国各级地方司法机关在人财物上都由地方统管,司法权的统一性被割裂,容易形成司法权的地方化。宪法虽然规定检察机关上下级是领导关系,但由于人财物受制于地方,这种领导关系并非实际意义上的领导关系。有一位基层检察院的检察长曾经公开表示:上级检察院的意见我要听,地方领导的意见我也要听,当上级检察院的意见和地方领导的意见不一致时,我只有听地方领导的,因为我的官帽子在他们手里。他的这番话很有代表性。我认为司法机关在人财物上依赖地方的情况应当改变。我国目前经济发展情况和民主法制建设的不断加强,已经为司法体制的改革创造了条件。在人财物上可实行以系统管理为主,地方管理为辅,这是解决司法权地方化的有效措施。

二、强化检察机关的法律监督职能

我国宪法规定,人民检察院是国家的法律监督机关。加强法制建设,改革司法管理体制,优化司法职权配置,建设公正高效权威的社会主义司法制度,一个重要方面就是要完善和强化检察机关的监督职能。法律规定检察机关对侦查、审判和刑罚执行依法监督。但由于管理体制因素和对公检法三机关"分工负责,互相配合,互相制约"原则的不能正确理解和执行以及法律赋予检察机关的监督措施还不够完善和有力,因而检察机关的法律监督作用发挥得还不够充分,甚至流于形式。有的检察机关为了照顾关系和执行"协调意见",明知不对也不能坚持依法办事,以致发生一些冤假错案。加强法制建设,改革司法体制,必须进一步强化检察机关的法律监督职能,除在领导体制上解决好人财物的问题外，法律还应赋予检察机关一些强有力的具体的监督措施和办法。法律赋予检察机关依法对整个刑事诉讼活动法律监督，包括对立案、侦查、起诉、审判、执行等诉讼环节实行全面法律监督，但有些规定比较原则，对检察机关提出的纠正违法意见，有关部门不予纠正怎么办，法律没有明确规定，从而影响了检察机关的法律监督权威和效果。

三、充分发挥人大的监督作用

我国宪法规定，人大是国家权力机关，一府两院对人大负责并报告工作。去年1月1日起施行的《中华人民共和国各级人民代表大会常务委员会监督法》，是保障人大常委会依法行使监督权、推进依法治国的重要法律，对于加强各级人大常委会对一府两院的工作实施监督，促进依法行政、公正司法具有重要意义。但我认为监督法的条文还比较原则，有些重要内容还没有写进来，需要在实践中进一步修改完善。当前司法不公、司法腐败、不依法行政问题社会反映强烈，人大应该加强这方面的监督，仅靠听取一府两院的专项工作报告和执法检查等是远远不够的，而且容易走过场，流于形式。我建议在各级人大常委会内增设执法监督专门机构，对一府两院的执法情况直接进行检查和监督。特别是对社会反映强烈、明显处理不公的案件以及侵权、渎职、玩忽职守、造成恶劣影响和重大损失等方面的案件，应当作为监督重点。这样做是符合宪法和法律规定的，也不会影响一府两院依法行使职权，并且能使人大的监督职能发挥得更好、更加有力。

2008 年 10 月

本文载 2008 年 12 月省人大工作研究会办公室编印的《安徽省人大工作研究会"纪念改革开放三十周年加强民主法制建设"研讨会论文集》

fù lù

附 录

源头预防　确保规范

——省人大常委会内司工委副主任陈绪德解析《条例》

《安徽省预防职务犯罪工作条例》（以下简称《条例》）的出台,对加强党风廉政建设、减少职务犯罪、促进国家工作人员公正廉洁地履行职务无疑有着重要意义。对此,省人大常委会委员、内务司法工作委员会副主任陈绪德发表了自己的见解。

十六大报告中指出:"坚决反对和防止腐败,是全党一项重大的政治任务。""坚持标本兼治、综合治理的方针,逐步加大治本的力度。""从源头上预防和解决腐败问题。"这些论述对今后深入持久地开展反腐败斗争提出了更高的要求。《条例》规定:"预防职务犯罪贯彻标本兼治、综合治理的方针,实行教育、法制、监督相结合,采取内部预防、专门预防、社会预防等多种方法。"由此,陈绪德认为《条例》同十六大报告精神是一致的。

《条例》规定:"预防职务犯罪实行单位各负其责,检察机关指导、监督,社会各界参与的工作机制。""预防职务犯罪工作实行领导责任制。单位主要负责人对预防职务犯罪工作负总责,其他负责人根据分工负直接领导责任。"《条例》还对各单位应当履行的预防职务犯罪工作的职责、监督保障措施、法律责任以及建立协调指导组织等做出了明确规定。陈绪德认为,这些规定有利于增强各单位特别是单位主要负责人开展预防职务犯罪工作的责任感,有利于形成预防职务犯罪的合力。

陈绪德说,《条例》对国家工作人员提出了严格要求,从而有利于减少职务犯罪。针对国家工作人员,特别是领导干部容易发生职务犯罪的关键环节,《条例》做出了禁止性的规定。如规定不得"索取、收受贿赂",不得"借选拔任用国家工作人员之机谋取私利",等等。这些规定对国家工作人员,特别是领导干部廉洁自律,正确行使手中的权力,自觉地与各种腐败现象做斗争,有积极作用。

陈绪德指出,各级检察机关近年来贯彻标本兼治、综合治理的方针,加大了预防职务犯罪的力度,取得了一定成效。但是,由于没有预防职务犯罪工作的专门法规,这项工作的开展无法可依,不够规范,检察机关的工作往往得不到一些单位的理解、支持和配合。因此,开展预防职务犯罪工作的力度还不够大。这个《条例》的出台为检察机关开展预防职务犯罪工作创造了有利条件。《条例》规定,"各级人民检察院指导、监督预防职务犯罪工作",并规定了检察机关指导、监督的具体方式,从而有利于检察机关更好地发挥职能作用,进一步加强预防工作。

本文载《安徽日报》2003 年 1 月 14 日 B1 版

正义的接力

2014年12月24日,赵世金前往滁州市中院接受宣判的路上,76岁的陈绪德恰巧打来电话。

"判决下来了吗?"

"我正在去法院的路上!"

一个小时后,陈绪德接到赵世金报喜的电话——"无罪了!"那一刻,这位昔日的检察官感到"无比舒畅"。

这一天,有同样感受的人,还有很多。"我是不幸的,也是万幸的。"在赵世金看来,自己能够坚持到最后,离不开那些正义之士在背后的支持。

8年来,出于对赵世金案荒唐判决的不平,众多司法界、法律界人士相继加入,展开一场正义的接力,最终,赵世金收到了无罪的判决。

在同行眼里,毕业于北京政法学院的陈绪德是一位刚正不阿的检察官。此前,他曾担任安徽省人民检察院常务副检察长,接触到此案时,他已经退休。

"这不是瞎闹吗? 这哪里构成犯罪?"第一次了解到赵世金的案情后,陈绪德发出这样的感慨。

"事实明确,判决反反复复,太不严肃。"他当时认为,"这里面肯定有内情,法院有难言之隐。"

在陈绪德的召集下,安徽省司法厅原副厅长杜非、时任安徽省高院审判委员会委员邢常柱、安徽省检察院反贪局原局长曹锋等一批司法界的老同志聚在一起,仔细研讨了赵世金的案情,认定这是一起错案,决定集体为赵世金申诉。

在滁州市中院一审期间,患有眼疾、腿脚不便的杜非自告奋勇,亲自为赵世金辩护。"我干过10年的律师管理处处长,这还是第一次出庭当律师。"杜非回忆,"当天在庭上陈词慷慨激昂,应该说达到了辩护效果。"

不过,后来的判决结果还是让杜非等人感到失望。此后,陈绪德、杜非等人不顾年事已高,亲自前往最高院反映赵世金案的问题。在安徽省内,他们先后向省政法委、省高院等部门反映情况。

"从2007年到2014年,我一直坚持写信,几乎每年都在写,以一个老司法工作者、老党员的身份向中央和地方反映案件的情况。"陈绪德说,直到今天,自己还完整地保留了这些信件的复印件以及领导的批示。

"就是那句话,此案不纠正,我死不瞑目。"在他看来,作为一名曾经的检察长,发现这样的问题,如果袖手旁观,就对不起自己的职业良心,"尽管我退休了,还是觉得这起错案有损我们的司法形象,必须纠正。"

"老司法工作者和律师都在推动着这个案件的进展,这是一场正义的接力,我只是最后一棒。"作为再审的辩护律师,毛立新并没有把功劳记在自己的头上,"这本身就是一个错案,哪个律师来辩,最终都会赢,只是时间早晚的问题。"

但如果不是毛立新主动找上门,可能赵世金案的再审还要再等上一段时间。

一个偶然的机会,在北京执业的他了解到,"安徽有一起非常离奇的案件,而且当事人并未申诉"。

"为什么不申诉呢?这是典型的错案。"出于职业的正义感,毛立新辗转联系到了刚刚释放的赵世金,"先别说律师费的事,先把材料传过来。"

此时的赵世金心灰意冷,还处在心理调整期。电话沟通之后,几番催促,赵世金把一部分材料传给了毛立新。

2012年春节回乡期间,毛立新在合肥找到了赵世金之前的代理律师张鹏,调取了相关卷宗,花了一个假期的时间,写好了申诉状。

"我的角色是,一直推着赵世金走上申诉之路。"毛立新说。这期间,他多次和赵世金前往滁州市中院,最终等到了再审的开庭通知。

"从一审到二审,张鹏、朱定炜等一批律师先后为这个案子付出了很多,他们一开始就坚定地从无罪辩护出发。"在他看来,"同行功不可没,为此案最终平反打下了基础。"

本文载《中国青年报》2015年2月6日

后　记

我从小就喜欢看书学习,特别爱看文学和历史类的图书。但因当时家庭生活困难,无钱买书,只好向有藏书的亲友去借阅。上小学和中学时,我阅读了《三国演义》《西游记》《水浒传》等古典文学名著,这对我的写作很有帮助。我的作文经常被老师拿在班上宣读。小学六年级时,我曾给抗美援朝的志愿军写信,表示小学生要以实际行动支援志愿军叔叔抗美援朝。这封信在《潢川导报》上刊登了。

我在高中毕业填写报考大学的专业时,前两个志愿填的都是汉语言文学专业,第三志愿填的是北京政法学院法律专业。由于北京政法学院优先于另外两所高校录取,因此学了法律专业。然而,我始终没有改变对文学和历史的兴趣、爱好。

多年来,我利用业余时间,在有感而发时,写了一些诗歌、散文和游记。有些作品曾在一些报刊上发表,但多数作品因自感水平不高,未有投寄。现在自己年事已高,把这些作品汇编成册,以便自己翻阅和赠送给一些亲友,是我的多年愿望。一些亲友建议正式出版。在他们的支持鼓励下,终于正式出版了。

这里,我特别要感谢著名作家、安徽省文联原主席季宇先生,他在百忙中亲自为本书写了序,并给予了很高的评价。给予这本选集出版关心和帮助的还有安徽大学法学院教授徐伟学、张目强,安徽大湖律师事务所主任费礼等,在此也向他们表示感谢。安徽文艺出版社的姚巍总编、张磊编辑为本书的编辑出版做了精心安排,花费了许多心血,在此也向他们表示衷心谢意。

我深知自己的作品水平不高,可能还有不当之处,敬请专家和读者予以批评指正,不胜感激。

陈绪德

2018 年 12 月 29 日于合肥